拾光记

吴隽煊 著

浙江少年文学新星丛书·第五辑

海飞 主编

四川大学出版社

责任编辑:唐　飞
责任校对:龚娇梅
封面设计:天恒仁文化传播
责任印制:王　炜

图书在版编目(CIP)数据

拾光记/吴隽煊著.—成都:四川大学出版社,
2018.10
(浙江少年文学新星丛书.第五辑)
ISBN 978-7-5690-2461-6

Ⅰ.①拾… Ⅱ.①吴… Ⅲ.①中国文学－当代文学－
作品综合集　Ⅳ.①I217.2

中国版本图书馆CIP数据核字(2018)第236795号

书　名	拾光记
著　者	吴隽煊
出　版	四川大学出版社
地　址	成都市一环路南一段24号(610065)
发　行	四川大学出版社
书　号	ISBN 978-7-5690-2461-6
印　刷	成都市兴雅致印务有限责任公司
成品尺寸	145 mm×210 mm
印　张	7
字　数	136千字
版　次	2018年11月第1版
印　次	2018年11月第1次印刷
定　价	35.00元

◆读者邮购本书,请与本社发行科联系。
电话:(028)85408408/(028)85401670/
(028)85408023　邮政编码:610065
◆本社图书如有印装质量问题,请
寄回出版社调换。
◆网址:http://press.scu.edu.cn

版权所有◆侵权必究

$\lceil$ 吴隽煊 $\rfloor$

生于2001年4月，现就读于浙江省杭州高级中学，任校学生会副主席、校长助理、鲁迅文学社社长，是省少年作家协会会员。初中时，任杭州育才中学心扬文学社社长、《钱江晚报》小记者。在《钱江晚报》《都市快报》《少年文学之星》《西湖》等报纸杂志上发表过近万字的文章。获得过全国中小学生创新作文大赛全国总决赛高中组二等奖，"叶圣陶杯"全国中学生新作文大赛全国二等奖，"北大培文杯"青少年创意写作大赛全国三等奖，"语文报杯"全国中学生作文大赛省一等奖，浙江省少年文学之星一、二、三等奖等。主要作品有《饼香不怕弄堂深》《书中界》《从字里行间走来》和《觅食记》，分别发表在《钱江晚报》《都市快报》和《少年文学之星》上。

作为小记者前往云栖大会

北大参加创新作文总决赛

参加杭州市第三届中学生交流论坛

参观北大

受邀参加 TEDx 主题演讲

嘟嘟城体验编报

8

寻访龙门古镇

小记者活动学版画

小记者采访作家麦家

和同学担任主持

赴京参赛获得金奖

和韩国友人交流、合影

校运动会上班级引导

我爱杭高

杭高校园读书

杭高樱花树下

在百周年纪念墙前

浙江人民广播电台实习

英国游学

迪拜之旅

名家评语

衷心祝吴隽烨小友
幸福快乐！
17.12.17

 卷首语

　　我希望世间有一件极尽美好的事，如海边第一缕晨曦一般清爽明亮，如新年零点的钟声一般空灵悠长，如夏天晃着碎冰的酸梅汤一般沁心怡人，总是令人不禁嘴角上扬却恰到好处，唤醒我每一寸神经，从懵懂到明理，从天真到独立。而文学于我，就是十分美好的事情，因为阅读每一段文字，都是抚摸文字背后的情感，因为提笔写作，就能把心中的无限思绪编织成一张属于自己的梦网。

　　我还记得在我牙牙学语的时候，老师和外婆是我的启蒙教师。外婆会买来《唐诗三百首》教我识字，老师则鼓励我每天写几个简单的句子。就这样，我开始提笔写所谓的小句子，诸如"一闪一闪亮晶晶"，现在看到那些歪歪扭扭的字，我都会忍俊不禁。就这样我无意中来到了一扇门前，而那时的我尚不知道门内是新的世界。

　　上小学以后识字量大了，就一知半解地开始学习写真正的作文。也许是我的小学语文老师总是予以学生鼓励和宽容，低年级时我的看图作文都会被打上一个大大的红钩，有时候

还有波浪线和五角星——那都是足以令我高兴一整天的了。

至今回忆起来,我仍对将我的作文投稿给杂志社和各类比赛的老师们报以感激,正是我那几篇发表在少年作家协会刊物和《绿洲》上的作文让我意识到也许我的表达是可以打动他人的,也让我意识到内心中如涓涓细流一样细腻的感情是可以流淌在方格纸上的。那段时间里,我的母亲还鼓励我参加活动,成为《钱江晚报》的小记者。

进入育才中学后,我怀着对文学的喜爱和憧憬,经选拔进入了校心扬文学社。我仍记得第一堂课老师讲的是如何写诗,那是我第一次很正规地上关于诗歌创作的写作课,至今难忘。心扬文学社带给我的远不止写作的素养,更是有幸成为文学社社长以后对我自己管理能力和组织能力的锻炼。

不知道是不是冥冥中自有天意,同学眼中诗意的我来到了诗意的杭高,一所有深厚文化底蕴和优厚师资的学校。在杭高我得到了进一步的锻炼,我进入了张抗抗写作基地班,并成为有着百年历史的鲁迅文学社的社长,继续追逐文学的梦想。在杭高这个平台,我开始在幕后策划更大型的活动,比如樱花文会,也主持了杭州各高中文学社的交流活动——古井论剑。杭高,甬道的每一片梧桐叶都好像蕴藏着无限的可能,而红楼里的我也正在书写我与文学的可能。

文学就像我的喜怒哀乐,形影不离。我热爱提笔写下心中的美好,陶醉于在大江南北采风;我以文字记录所思所想,幸运的是文字也见证了我的成长:我从一个天不怕地不怕的天真孩童,逐渐成长为一个文学溪边徜徉的少年。就像周国平先生说的那样，真正的成熟，应当是独特个性的形成，真实自我的发现，在文学面前，是最真实的我，也是最好的我。

如今，见证我成长的文集即将出版，虽然困难，但它即将破壳而出；也许它的文字不是最优美，条理不是最清晰，结构不是最严谨，又或还存在这样那样的缺点和不足，但它是我小心翼翼呵护着的梦和追求，它的出版，我应当是最充满期待的。

本文集的出版，凝聚了很多人的心血。我想感谢身旁做我坚强后盾的父母，感谢已经离开我的外婆，是她一字一句地教我念诗词，让我最早接触到文字的奇妙和不凡；我想感谢胜蓝实验小学的叶丽老师、育才附小的邱栩敏老师，是她们的教育、鼓励和支持，在我心中播种了文学的种子，她们是我写作路上的引路人；我想感谢育才中学的文学社指导老师周勇老师以及我的初中语文老师陆少贝老师，是他们的点拨和指导，沸腾了我胸中的一腔文学热血，让我对文学由喜爱到热爱，同时也正是周老师的大力推荐和鼎力支持，使得我的文集能逐步成形和出版；我想感谢杭高的刘保华老师，作为班主任和语文老师，他的民主教育和耐心指导，为我的写作之路添上不平凡的色彩；我还要感谢杭高的总是带着最亲切的笑容和鼓励的许涛副校长，上写作课总能给我们带来满满收获的鲁迅文学社指导老师高利老师和汤笑老师，他们的笑容、他们的行为将伴随我前往山长水远的未来……

文学和写作于我，是惠风和畅，是轻颦浅笑，是酣畅淋漓，总之是世间无尽美好之事。

父母寄语

光阴荏苒,看着我们疼爱的孩子已慢慢长大成人,说真的,作为爸妈很骄傲。回望你的成长之路,过去的一切仿佛就在眼前。

爸妈很自豪,因为除了优异的成绩,你的综合素质、你的善良品行是很多人认可并赞赏的。你活泼聪明,爱看书,所以课外知识挺丰富;你兴趣爱好广泛,钢琴、演讲、主持、摄影……样样喜欢,是个多才多艺的女孩,所以,我们信任并放心你,知道你会积极把握自己并愿意怀着满腔热血,做到对自己的人生负责。但爸妈想说,这种把握和负责是需要经过很多历练才可以真正做到的,所以在你还没有太多人生经验的时候,我们有责任把自己的经验告诉你,希望对你有所启发。

如今,随着你的成长,掌握的知识更多了,个人能力也更强了。但你的想法也在变多,你会遇到理想撞上坚冰的迷茫。大人和社会的很多想法和做法似乎与你格格不入,你遭遇了成长的烦恼、生活的迷茫,这是人生必然的经历,老爸老妈作为曾经的少年也曾经经历过,我们非常理解你的很多想法和做法。但请记住，无论你选择怎样的生活方式，你都要积极上进，不忘初心，保持耐心，排除干扰，坚持目标不动摇，努力前行。父母永远做你最坚强的后盾。

  当你走进高中校园，你就走进了人生的花季。高中三年将是你一生中最灿烂的年华。世界将在你面前展现出前所未有的姿态。为了让这段岁月没有遗憾，请用一切努力，去守护这个未来的梦想。因为有的梦想，一生只能追逐一次。"宝剑锋从磨砺出，梅花香自苦寒来"，成功之花是用辛勤的汗水浇灌出来的。

  "天道酬勤"，是至理古训。一分耕耘，一分收获，所以希望你能在繁重的学习任务之余，一如既往地多读好书，培养良好的兴趣爱好，丰富知识和扩大视野，在文学创作之路上不断前行。相信你今天的付出，一定能在明天得到回报！

  同时也希望你以踏实的脚步，百倍的信心，沉着冷静的心态去迎接高考的洗礼！爸爸妈妈相信：你一定是最棒的！

永远爱你的爸妈
2018年7月

序

又忆江南

最近的一次见到吴隽煊是在去年某一天。她妈妈打电话说,有一张奖状要给我,后来吴隽煊来了,她把奖状给了我。我说你长高了,变成漂亮大姑娘了。她原本在育才中学读书时曾是我校心扬文学社的社长。她属于极有主见的一类乖学生,是班里的"国家级"领导人——班长,又是学习上的优秀生。我和她交流不是很多,有几次在走廊上,布置任务,我让她发一些杂志或者讲义资料,她都是认真地听。在文学社期间,介绍她发表过一些文章。参加过一些比赛,也总是拿奖。后来毕业了,在杭高读书,依然是文学社的社长。吴隽煊给我的印象是比较认真而且听话的,肯管肯做事情的那一种。

文学世界里的吴隽煊又是怎么一个人呢?她有深厚的文字功底。她的文字如她的人一样,纯净,优雅。这个对江南情有独钟的女孩曾两次撰写关于江南的文章,在我来看,无疑代表她作品的鲜明特色:质地温润,纯净如洗。高一时《素亦有清欢》写雨:"细雨含情,柔柔地轻抚江南独有的青瓷黑瓦,沿着瓦楞间那仿佛特意为它留好的罅隙,汇聚成数股细细涓流,柔柔落在屋下的青石上。"这里写雨,突出两个"柔"字,字里满含情意。同样,她初中时一篇文章《知江南》一样写到雨:"竟是如此轻手轻脚,柔柔地轻抚江南独有的青瓷黑瓦,沿着瓦楞间那仿佛特意为它留好的罅隙,数股细细的涓流在此汇聚,汇成滴滴明亮的、澄澈的水珠。"比较起来,后者是前者的沿袭和突破,前者更突出"简洁",后者更显得"写意",多用修饰语。前一篇强调"浸于情丝",后一篇则更加刻意渲染。我的判断主要是基于散文主题需要而为之吧。在第二节写夏意一处。《素》这样描写:"在巷子中坐落的客栈,都能够飘入清晨巷子中的杏花香,闻到那响亮的吆喝——卖杏花嘞!老妇人挑着生活的担子,把自家的清香带给来往的人。"这样,"素雅"二字特色可见一斑。而在初中时《知江南》一文中,作者是这样写的:"在巷子中坐落的客栈,都能够有幸嗅到清晨巷子中飘出的杏花香,闻到那响亮的吆喝——卖杏花嘞!明朝深巷卖杏花,这也是对梅雨季节最好的告慰。"从文字中可以看出,吴隽煊显然考虑到基于主题需要做了修改。后者更实,但语言没有张力,甚至稍显稚嫩,只有境,缺乏意。可见,文章是雕琢出来的,语言也是越磨越亮的。

　　我比较欣赏吴隽煊文章中的写意美,她往往是围绕主题刻意渲染,既抒情又浪漫。例如"小孩子开始贴窗花、贴对联,大人们忙着筹备年夜饭,走向来年。读书人有兴致,挐一小舟,访湖心亭,于茫茫天地之间,山长水远,万籁俱静"之句中,写"贴窗花""贴对联""赏雪"等富有传统文化意味的场景,给人以"雅致"的印象,意味无穷,突出了特征。

  吴隽煊比较擅长细描,写场景栩栩如生,不急不缓,颇有耐心。小说《守望岛的孩子》有一段场景描写就很有代表性:"他便感觉那是一个很热闹的地方。此时夜幕已垂垂地下来,河对岸的人家在这天也把屋子里的灯点得通明。明明灭灭的万家灯火,在暗暗的水波里,又拨开层层缕缕的明漪。河对岸搭了个戏台,布置不算太讲究,舞台上也只有一盏黄色的大灯,因为天寒,灯色的光晕里透着腾腾的雾气。"通过陆遥知的角度写夜色下的河流、万家灯火,以及搭建在河边的戏台。这一幕具有很强的视觉冲击性,仿佛是扑面而来的夜风,把主人公带入旧日习俗的幻梦中去。这一段场景描写极有感染力。在小说的结尾,陆遥知决定自己献唱,以传承文化。结尾的这段描写文字也颇有耐心:"村民们的脸上仍是映着柔和的黄光,台下陆老二的胡子一抖一抖的,红了眼眶。月光和灯光汇入河里,岸上光秃秃的垂杨那淡淡的影子,在水里摇曳着。坐在前排的小孩子们睁大了眼,听着陆遥知那悠远绵长的戏曲。"通过写陆老二的表情和月光灯火,融入作者细腻而又抒情的表达,将小说特有的意境美表现得生动可感。

  吴隽煊的作品反映出广泛的生活蓝图。小学时的小记者生涯,对话麦家,动物园里的海豚,嘟嘟城体验等,那时就可见一个孩子稚嫩的笔墨功夫。这后面有着家长的支持和鼓励，她的妈妈在《浙江日报》工作，悉心培养她，为她在文学上铺开一条较为宽阔的路。初中时，她的作品反映着学校生活的五彩缤纷。《青春静踏青春》里的场景：A伸手拍拍前桌B的肩膀："吃的有吗？"B笑着拿出薯片，一群人拥向B的位置。CDE则约好了一起讨论假期里玩的游戏，谈到尽兴之处唾沫飞溅，不亦乐乎。当然，在育才这么优秀的学校里，不少学霸拿出自己心仪的名著开始阅读，还有不少勤奋之星以迅雷不及掩耳之势从抽屉里"刷"地抽出作业本，利索地摊在桌子上，抓起水笔飞快地写着……这就是吴同学眼里的初中校园百态，吃的，玩的，看的，练的，一个学校形形色色的表现被浓缩在某班了，读来令人感怀，作者的观察力、文字表现力可见一斑。对年的守望展现在她的诗作里：又一年看着寒来暑往／又一年数着鹜雁齐飞／又一年找着你的痕迹／又一年候着你的归来。朴实的文字，形象化的描写，流露出对年的憧憬。

她的高中阶段文字凝练、简约、生动，内容上广博，体裁更多样。《过客》里对主题的诠释就情怀缱绻："在滚滚的时间洪流面前，谁都是那里的过客。只有对故乡而言，那才是归人。马蹄声达达，从山长水远而来，从万千世界经过，我们始终不知道马车帘子里的是归人，或是过客……"抒发出对个体与时间关系的个人思考，哲思隽永。《答案在风中飘荡》叙写对熟悉的城市的感受："因为城市无名，但在我心中他独一无二，无与伦比。我只要感受到这座城市的一丝丝呼吸，就想要拥他入怀，心中就有了他的名字。"是的，关于我们的生存空间，我们和它融合得自然而又贴切，这种感受是生动深刻的。《修国学 铸国魂》中对当前信仰的迷失思辨色彩较浓："目前，一些落后文化、腐朽文化向我们袭来，稍不留神就会迷失。市场竞争日益激烈，社会生存压力日益剧增，也许我们真的会不堪重负，物欲横流的社会里，我们更应该学会用精神文明充实自我，建筑抵御的城墙。"作者的见解是睿智清醒的，在这个信仰多元时代，唯有唤醒与回归，才不至于让我们的年青一代迷失方向。弘扬国学，铸就国魂，担当大义。

这些文字，可视为吴隽煊文学创作的新台阶。她的视野和思想正在走向成熟，她的文风是温润凝练的，加上她孜孜以求的创作态度，以及在各大赛中脱颖而出的实力，我可以毫不讳言地说，这个女孩就是将来文学的虔诚守望者。

周勇

2018年7月

内容简介

本书是杭州一名高中生的作品，集作者小学、初中至高中的文学创作及随笔。书中内容以散文为主，并有小说、诗歌和戏剧，作品记录了作者从懵懂的孩子成长为有思想有追求的少年的过程，一定程度体现了"00后"一代孩子的思想变化和文学世界。作品以描述丰富多彩校园生活和自身成长变化为基础，以瞬息变化的世界和社会环境为背景，有感而发，反映了作者对学习、生活和社会的思考。

目录

高中阶段——

- 002 饼香不怕弄堂深
- 006 尝春
- 009 过客
- 015 圆桌饭
- 019 书中界
- 021 此心安处是吾乡
- 024 从字里行间走来
- 028 路
- 031 远远望,细细念
- 035 给麦家的信
- 037 答案在风中飘荡
- 041 守望岛的孩子
- 049 素亦有清欢
- 052 喃喃私语

054	觅食记
056	让我们从这里出发
059	物流如云,但永不栖息
061	轻舟已过
064	修国学　铸国魂
067	槐香
072	何妨吟啸且徐行
074	接力阅读之火炬
076	美是一口希望井
078	花开当如莲
080	有味是清欢
082	善意铸就心灵花园

初中阶段——

085	待星云二十载
091	亲近
094	候归
098	美丽的等待
100	沁园春·育才
101	她在远方
105	信仰铺就心灵路

107	此路无尽头
109	青春静踏青春
114	知江南
118	水墨丹青的过去,七彩拼接的未来
123	岁月,请再送我那串串风铃
126	她如明镜高悬
128	屋檐下
130	说给自己听
132	双面谓之全
134	两株野牵牛
136	不畏雾霾
138	我找到了我
140	从坚持中蜕变
142	我已经不是小孩子了

小学阶段——

145	一张无法撕下的纸
147	盎然西湖
149	暖
152	心怦怦地跳
154	温暖

157　忆那份芬芳童年

160　我们班的"爱因斯坦"

161　畅游雅鲁藏布大峡谷

163　Q星球历险记

165　曹操坐飞机

166　我采访了风趣的麦家叔叔

168　猪八戒减肥记

170　新年趣事

172　游良渚农夫乐园

174　如果霄霄能动

177　党的光芒

高中阶段——

我努力向前跑着,笑着,路途中也许会哭,也许会流汗,但我想成为最好的我。

饼香不怕弄堂深

多少弄堂中的回声都被整个城市急速而有节奏的心跳声所淹没,但只有它,以一种令人难以置信的鲜活伫立在这座城市。

这里的住户一般以老人小孩居多,但也有年轻人。

白天弄堂里也熙攘得热闹,此起彼伏的叫卖声虽然和城市格格不入,但它也有着独特的脾性,但这里的一砖一瓦,都是一张张百年前的缩影。弄堂里的人家大多不富裕,但每一户都反映着这座城市最真实的生活状态。走在青石板砖上,清晨看得见骑着自行车送报的,车铃儿丁零零地摇醒还睡着的孩子;也有挑着菜担子出门卖菜的,那根秤杆儿称得出斤两,却称不出烟火气;还有收废报纸的吆喝声、磨刀的霍霍声……熙攘,只有几米宽。

穿过吆喝,穿过家家的晾衣竿儿,穿过一溜儿的门牌,在巷子的深处,却能听到金属器具敲打的声音,还是那么连贯,那么有节奏,全然不同于城市上空的时钟的滴答声。

但三十年来,娟可从来没留意过自己翻动煎饼时的声音。

一件带着补丁的围裙,一副灰色的袖套,一双满是褶皱和老茧的手。娟煎得一手好鸡蛋灌饼。拿出一个面团,用擀面杖娴熟地擀平了,再拿起油刷,往板子上来回那么一刷,再把面皮往上一摊,不过十几秒的工夫,足以让一个第一次到来的人目瞪口呆。

娟大多时候不太说话,只是看着面前的饼在吱吱响的油花中膨大,总像是在想着什么。弄堂里不少人不明白娟为什么一个人孤零零地开着摊儿,没有爱人,也没有儿女相伴。有的人在背后说,娟脾气古怪,凌晨三四点常听到娟的屋子里传出奇怪的声音,也有的人嘀咕,为什么每天清晨买菜时都会瞥到娟事先做好几个饼,一个一个地小心翼翼地放在袋子里,摆在边上,等他们买菜回来时,这些饼都不知所踪。人们的好奇心就像娟面板上的面团,不断地发酵再发酵。

疑问渐渐变成了质疑,人们不再愿意买娟的饼,私底下都商量着要瞧瞧娟屋子里传出的声音究竟是什么。娟也不与人争论,每天依旧做好几个饼,扎好放在摊边儿上。

那个凌晨,人们都悄悄地爬起来,在夜里摸着墙根儿,蹑手蹑脚地踱到了娟家。娟家点着灯,但那微弱的光几乎照不亮整个屋子,显得十分幽暗。灯光把娟的影子拉得很长很长,把一个朴素的女人的背影映在了整个窗户上。透过窗户,人们终于看清,娟在昏暗的屋子里揉着面团,不断地拍打,整个人显得十分瘦小。等到把面团切成剂子,娟才长舒一口气,到水槽边上细细地洗葱……摸黑起来的人一言不发地走回了屋。

吃娟的灌饼的街坊邻居们渐渐地多起来了，有的人家里明明烧了早饭，却还到娟那里去买饼。娟知道街坊是在帮助她，一个鸡蛋灌饼两块，她只肯收街坊一半的钱。那时的弄堂就像是刚从一场梦中醒来，所有人都被触及了心底最柔软的部分。青石板的路砖，块块都谱写着最真实的生活。整个弄堂的回声依旧，和高楼林立间的回声大相径庭。

弄堂里的宁静终究是被几个美食评论家打破，偶然地路过，偶然地听到器具敲打的声音，偶然地闻到带着葱花儿的蛋香……帖子带来网络上数百万的点击量，不少食客慕名而来。弄堂的宁静不复存在，每天几米宽的过道上站的都是等着购买娟的灌饼的人，无论是打着西装领带的，还是满脸尘土的，光鲜与否，在这方寸之土，一视同仁。娟和她的灌饼成了整条弄堂的代名词。但娟每日仍不紧不慢地，等着饼上的气泡鼓起，用筷子挑起，再用鸡蛋轻轻在锅缘一磕，往洞里那么一灌，鸡蛋的金黄与白嫩一点点鼓起，等待着一把葱花的降临。街坊们都感叹，娟这好手艺，早就该发家了。但是她两元的标价没有改变，做好几个饼放在摊儿的边上也没有变，似是一个弄堂里的约定。

那个午后，弄堂的最深处，几个孩子围着娟，娟一一地把饼发给他们，正午后的阳光照在她瘦小的身板，影子打在那群带着尘土的孩子的脸上。"谢谢娟姨！娟姨，你的儿子什么时候回来，那时候您就能给他做饼了……""可他几年前就离开了，那是他最爱吃的……"

娟的儿子几年前就去了国外，很少回家，而那鸡蛋灌饼，是他儿时最喜欢的。

　　长长的光影仿佛回到了那个娟记忆中斑驳的岁月。

　　几年后的今天，可以说娟的饼香不怕巷子深，也可以说对一个人的记忆散发出的幽香远远比这个弄堂来得悠长。这也是为什么在这里，都市一次次的变革改变的是充溢着市井生活气息的氛围，却永远改写不了生命最纯真的状态。弄堂里的形形色色的人，都该有一份灵魂的归宿。

尝春

每年大雪一落,街头巷尾就会有人推着小车,现做现卖春卷皮子。卖春卷皮的人从不需要吆喝,只需把摊子在路边一摆,开着小火便开始烙春卷皮。刚烙好的春卷皮热气腾腾,总能吸引不少人驻足。

北方人通常吃春饼,而在南方,是要吃春卷的,寓意"尝春"。

当每家每户都备好春卷皮,开始张罗着炸春卷时,年关便悄然而至。

做春卷是母亲最拿手的,她说春卷皮如果是厚了,炸起来便失去了脆的口感和金黄的色泽,皮薄了,春卷馅子容易在炸的时候跑出来,大有竹篮打水一场空之感。总之,没有恰到好处的春卷皮也就失去了尝春的乐趣。

三年前,我趴在灶台边上看着母亲饧面,她往面团上洒水,然后和进去更多的面粉,掌心将面团推开又糅合,反反复复不下十次。要是我不曾亲眼见过,我很难想象一个面团经过那样一双看似柔弱的手,可以变得如此有筋道。准备好面团,母亲才开小火，将上了筋的面团往平底锅上一抹，像是划出一个完美的圆，再往上一拉，一张薄得恰到好处的春卷皮就成功了大半。烙春卷皮子的温度是不高的，不然春卷皮会焦，因而拿出春卷皮时手会感到暖和而不烫手。我最喜欢的是帮着母亲把春卷皮从锅里取出来然后铺在桌子上放凉，等待着一会儿包春卷。虽然于我而言没有什么技术含量，但那时我和母亲一个抹面团，一个拿出烙好的皮，十分默契。别的细节已不怎么记得，只记得面团与锅碰撞发出的声响，那是春节前最动听的声音。

如果说春卷皮是一张未曾作画的白纸，那么馅子则是可以自由搭配的色彩。春卷的馅，可做成咸的，也可以做成甜的；可以是素的，也可以是荤的，全凭个人喜好。我家喜欢吃咸的馅子，尤其喜欢雪菜冬笋馅子的，听母亲说馅子远没有听上去那么简单——好吃的雪菜冬笋春卷，雪菜一定要是嫩雪菜在故乡院子里晒干自己腌制的，咸鲜味浓，而冬笋一定要是后山新挖的，才鲜脆爽口。这样的雪菜炒冬笋做馅子，才是最接近农历春天，也最有"尝春"的味道。

近来母亲越来越忙，春卷在现在也早已不是什么稀奇事物，市面上各种馅子的春卷层出不穷，而那被视为不能再素的雪菜冬笋馅的春卷，也在我记忆里褪色。餐馆里一年四季都能吃到花式的春卷。前几个月家人聚餐时，我们甚至点了鲜虾春卷，菜单上打着"鲜掉眉毛"的旗号。父亲和我赞不绝口，唯独母亲对这新式馅子不怎么欢喜，她说老底子过年自己家里吃的都是雪菜冬笋馅的，而待客设宴，冬笋、韭芽、肉丝馅的春卷才是最高级的。一时饭桌上陷入了寂静，良久母亲淡淡地说道："今年我们回老家一次，再自己做一次老底子的春卷吧……"

今年的二月中旬，我们终是回到了那个有着烙春卷皮子的锅的小屋，昏黄的灯光照得锅子竟有当年开着小火时的暖意。马路边又一次挂起了红灯笼，透过窗户，我隐隐看见镇口有烟花升起，噼里啪啦的爆竹声和春卷在油锅里发出的吱吱声相互应和着，给今年的除夕平添几分寻常人家的烟火气。

正这么想着，母亲已笑呵呵地端出了一碟春卷，招呼着我尝尝。咬下一口，我有些出神——今年的春卷，是雪菜冬笋馅的。

过客

尽管这里不是她的故乡，尽管这里依旧拂着和煦而暖洋洋的风，却总少了水乡的那份温润与潮湿，尽管中央广场里自在地飞翔或跳动的是成群的白鸽，而不是水乡桥下的白鹅，尽管街边家家户户养的花也那么娇艳可爱，可没有水乡青草初生时带的泥土气息亲切，尽管城镇里的居民也不算很多，却没有江南小巷子里的人情味儿浓……即使在一个异乡，一个弥漫着异域风情的城镇里，春天依然是春天。

她依旧是她，二十几岁芳华，刚刚走出大学的校门。她喜欢摄影，不管是江南的青石小巷，还是塞北的长河落日，只要按下快门，她都能将眼前的景色完美地圈在一方屏幕中。可她那时最喜欢拍春天。喜欢春天刚抽出柳芽儿的幼嫩，喜欢玉兰欲展未展的娇颜，仿佛那就是她的全部世界。而她也确实被赋予一种把一池春水凝成胶卷上的翡翠的魔力。她总望着照片会心一笑，酒窝甜甜地漾开去，如一瓣落花轻轻落在一汪春水上。

"我要拍遍这个世界的万千景象。"她暗暗想着。

几年之后,她作为国际杂志社的摄影官,前往法国工作。再没有青瓦黛墙烟雨迷蒙,地中海的水汽却也令人心旷神怡。每天清晨她推开自己的小窗,望着七点空空荡荡的小街道,熟练地往面包机中放入一片吐司,加上煎蛋火腿,拎起相机出门,这是她的日常。广场上每天悠长的钟声催促着她的步伐,街边随处可见的鲜花又无时无刻令她端起手中的相机。遇见邻居,她已经能熟练地用法语与他们对话。

"早安!你又带着相机?"

"是啊,早!"

相机里的内存卡换了一张又一张,相册里的埃菲尔铁塔每天都和云彩演绎出新的篇章,就像是她的生活。巴黎的夏天美在海滩,阳光最为动人明媚,远望去金灿灿一片的沙子走进却是格外的细腻,用手轻轻拂开还能收到大海的来信——她爱上了海洋所赐予的最洁白神圣的礼物,贝壳。

当年故乡的瓦楞痕随她来到了一个浪漫的国度,隐于最广阔的大海边,化身最渺小的倾诉岁月的贝壳。

"我想有如海般的生活,温润简单。"她暗暗想着。

她在海边做了当地一位绅士最美的新娘,微微扬起的头纱宛若那滩边贝壳浅浅的纹路。一年后,她有了一对明眸如水的孩子。她已经不再是当年青涩而易脸红的亭亭少女,而是开始和柴米油盐做朋友,盼望着门铃后孩子们放学回来的天真脸庞。孩子们回到家总是会夸妈妈做的苹果派好吃,可她内心深处好像总有一种渴望。那声音呐喊的不是把蛋糕做得如何精致,却是渴求着一碗简简单单的南瓜花儿面。

相机里的蓝色海洋、浪花茫茫远去，更多的是孩子们的笑靥如花。

"我要记录下孩子每一个表情，无论喜怒哀乐。"她暗暗想着。

她还是望着照片会心一笑，酒窝甜甜地漾开去，像是最清甜的涓涓溪流。

夏天她穿过森林，穿过如缕的艳阳，穿过郁郁苍苍的高大松柏，穿过波平浪静的蓝绿色湖泊。她带孩子走到哪，相机定格的总是她们一路的足迹，不深不浅，刚刚好。跟她熟的人总拿她开玩笑："你啊，去哪儿都不忘这只相机！"

她是一颗璀璨的宝石，在外人看来镶嵌在了最恰到好处的地域版图。

时间如浪，孩子们个头早已超过她，某年秋天，她送孩子们进入大学学府。十月的天气正是最凉爽的，不萧瑟的秋风却也吹落了半树银杏。孩子们走进了那恢宏的建筑，而她，在整个校园里信步流连。二十年前的她，在世界的另一端，也是在校园种下满怀的期待，深秋的一阵风，再怎么竟也没有吹落那时还只是青中泛黄的银杏。而今她的孩子迈入名校时，已是落叶遍地，踩上去沙沙地响。快门声和树叶发出的呻吟此起彼伏。在她看来，每片落叶都是一只只蹁跹而舞的蝴蝶，比她之前见过的所有自然写生都要生动、诗意，可她总觉得好像缺了一抹色彩。她问自己到底少了些什么，可她自己也不能给自己答案。于是只好摇摇头，感叹人过中年，陪她左右的仍是那只相机，吹不走，长不大。

"我要看着他们走入社会,看他们独立。"她暗暗想着,长舒一口气。

她还是望着照片会心一笑,酒窝甜甜地漾开去,如银杏叶扇开了愁绪。

青丝一点点勾勒出白鬓的模样。她在房前的躺椅上任岁月不紧不慢地改写她的眼角。对面新搬来一户德国人家,用磕磕碰碰的法语向她问路。她流利地回应,指着街尽头的那家小店,告诉他们这是这座城市最棒的咖啡厅,里面也提供德国特有的烤肠。德国夫妇惊异于她淡然而又真诚的指点,问她是不是从小随父母在这里长大,并连连向她表示感谢。她只朝他们笑笑,因为她也不知道要从什么时候说起。

两鬓花白的她,生活平静得就像冰面,一切都顺溜地从身边划过,回首能望见来时的路,低头能看到时光迈出的步。但每当星星在天幕这黑丝绒中疲乏之时,在那一切都沉沉睡去的时候,她总在睡梦中感觉到一股力量在牵引着她,带她回那山长水远之地。她猛地惊醒,一切还是异国的一切,可她的灵魂,却好像不断地在呼唤着两个字,一声比一声嘹亮,她的心仿佛也跟着声波一起跳动。

"我想看看一切最本初的样貌。"她暗暗想着。

生活从不停下脚步。老先生了解她的脾气,带她,也带那只相机去看雪。冬季的风摆动着她毛线帽上的小绒毛球,每呼出的一口气都仿佛要在空气中凝聚成冰花,漫天的雪像是走秀般喜爱在她的镜头上停留,拍出来的照片总是带着失焦的白色光圈。

她还是望着照片会心一笑，酒窝甜甜地漾开去，如雪落无声。

"……"她看着相机里，却不知道该说些什么。

先生递给她一杯温热的可可，她牵着先生的手，皑皑白雪让她想起北国风光，想起山舞银蛇，想起瑞雪兆丰年……当她回过神来，手一触到背包，凉丝丝空荡荡——好像什么不见了！她像是着了魔一样把包里的东西全部倾倒出来，一件一件地找，可就是没有相机的踪影。脸冻得通红，似是下一秒就要哭出来。先生摇摇头说算了，她也丝毫听不进去。她扯下手套，用手挖开厚厚的雪堆，两只手交错着越刨越深，任凭关节已经僵硬得不能活动，任凭手瑟瑟发抖，几乎说不出话来。惊奇的目光齐齐地落在这位在雪地中扒着什么的老人身上。她掩面而泣，扑通一声跪在了雪地里。

她纵万般不愿空手而归，却被家人劝慰着拖回了家。

那年雪纷纷扬扬，冰冻三尺。

她无心于窗外雪人，无心于冬季开放的圣诞蔷薇。她不再念叨着琐碎，却只喃喃呼唤着自己的相机。她无心再在院子中赏景，只躺在床上翻着陈旧泛黄的相册，一遍遍地摇头，有时竟看得热泪盈眶。窗外雪花漫过她每一丝发缕，渲染成一股股发如雪。

"我要……要……"

第二年的冬天，她已虚弱得说不出话来，却还是支吾着比画着告诉孩子，自己想找回相机。孩子们以为相机本身珍贵，曾大老远托人买了一只一模一样的相机给她，可她看了只是不断地摆手,摇头。她害怕自己再也等不到相机回来的那一天。

又一个雪如鹅毛飞舞的晚。一阵敲门声。

"我拾到一个相机,应该是你的。兜兜转转一年过去,好在找到了主人。"

她轻抚着相机如获至宝。等翻到相册最后一张照片,她再也掩盖不住内心的悲恸,眼泪如断线珍珠,如雨而下。

那是江南的屋檐,白色的墙,麻雀在找处所躲雨,谁又料到江南的雨细如针线,却一针针扎到她最柔软的心房。黑色的瓦楞下滴着雨珠,是那样生动,是那样历历在目;可那时的画面,却又是多么的模糊,模糊到就像冬天呼了气的玻璃。她捧着自己的相机,继而紧紧地搂入怀中。

如此多年,她把故乡藏在了最深处,用钥匙锁在了自己的小匣子里,一个人秘密地带着、秘密地想念。而现在,她走过人生的春夏秋冬,再次打开匣子,里面的故乡已是锈迹斑斑,锈蚀着她一直以来最深沉而又最热烈的情感。幸好,她的本初之心没有被大雪吞没。异域的尘土再怎么也掩盖不住故乡汩汩的泉眼,有一日,喷薄而出。

在滚滚的时间洪流面前,谁都是那里的过客。只有对故乡而言,那才是归人。马蹄声达达,从山长水远而来,从万千世界经过,我们始终不知道马车帘子里的是归人,或是过客。

一个不留一点痕迹的过客,就像故乡深秋的那一阵风,就如她。

她,不是归人。

她,只是过客。

圆桌饭

鲁镇穷苦书生孔乙己每每到酒馆里去点的除了人尽皆知的茴香豆,其实还有一碟子盐煮笋;金庸先生笔下的英雄郭靖,端出来美味的炙牛肉条,底子居然衬着嫩笋丁;朱自清先生下扬州茶馆,烫干丝上也总缀一撮干笋丝,对笋肉小笼青睐有加,最终捧着肚子走出,可见笋在圆桌上地位极高,无可撼动。这也许是源于江南人对笋的痴迷,若恰逢上时令季节,圆桌饭上更是顿顿少不了笋。要我说,他们还未悟到笋之至味——圆桌饭离不开春卷,而春卷离不开笋。

除夕飘着零星的小雪花,扮演着催促路上行人回家的角色。才近黄昏,天色已从四面暗合而来,召唤着各家明明灭灭的灯火,我家便是其中的一盏如豆。圆桌上的我在这片柔和的氤氲里,隔着纸窗花向着门口的大路望去:暮色中驶来一辆打着大灯的面包车,车后座载满了带着泥土的冬笋。今年不知是谁家的圆桌饭等着这份新鲜,好在这份新鲜很快就可以到达。

今年我家的冬笋是外婆亲自带来的,一方小小的泡沫箱,装进了外婆家的无数鲜甜,母亲责怪外婆怎么不让自己去家里接她一下,外婆摆摆手,兴奋地向大家讲述自己坐高铁只用了一个小时便来到了这里的故事,还说现在路近了,一切都很方便……端上桌的老鸭笋干煲还在沸腾着冒泡,咕嘟咕嘟地应和着。

门外,除夕的夕阳慢慢斜到了山谷,家家炊烟升起,锅碗瓢盆叮当作响,菜下入油锅发出的吱吱声和门口的路边驶过的汽车声奏成一曲带着烟火气的和谐之音,仿佛穿越了悠悠流淌的岁月,那条路通向每一家的美满团圆。

那些年天空刚刚亮起鱼肚白,我便早早地起床,推开窗户张望着楼下。

天幕一点一点被渲染成淡红色,几束柔和的霞光穿透了棉也似的云层,映在新积起的雪上。昨夜刚落了雪,静静地盖在了连接奶奶家和外婆家的小路上。奶奶家门前的路有点崎岖,车不好开,若不是因为覆盖了一层银白,如月球表面一样的坑坑洼洼便随处可见。天色才蒙蒙亮,却已有加大了马力驶过的车和摩托,在这路上奔赴向另一条回家的路。这条路有些崎岖,经过这条路的车辆都颠簸不止,也因此它们发动机的声音很响,我在楼上听着隆隆声如大石子从山坡上滚落下来。

可我竖起耳朵听着每一辆车驶来的声音,若是声音由远及近慢慢变响,又渐渐变得微弱,我总不免趴在窗台兴奋地望向楼下——除夕这天,父亲和母亲会从母亲的家乡回来。他们从外婆家的后山带来的笋总归是格外甘美,袁枚在《随缘食记》里记载的"奎土之笋，其节少而甘鲜"我想也不过如此。我从清早开始张望，可直到太阳都开始偏西，爷爷奶奶张罗着炊饭时，我还在窗口痴痴地看着小路发呆。李后主的一江春水，怕也是不及这小路长吧？

暮色从四面合来，星星开始初露光芒，缀满了整片夜空。圆桌上摆满了一桌冒着热气的菜，只是空了两个位置。看着两副面前无人的碗筷，爷爷和奶奶有些沉默，谁也不愿先动筷子，直到车驶来的突突声打破了缄默。望见亮着耀眼的黄色车灯，奶奶转身套上围裙，说除夕吃顿肉丝冬笋韭芽馅的春卷总算完美。肉丝冬笋韭芽春卷那在老底子是最高级别的待遇，奶奶视之如信条，多年坚定不移。

电视里传来春晚的倒计时，屏幕透出五色的光，门外小路崎岖，仍能听见汽车奔驰而过的声音。

好在后些年路修平了一些，据说是通上了高速，无须再走小道，奶奶为此高兴了很久。母亲和父亲除夕依旧是要到外婆家去的，只是早上出门中午就能回家，我也再不用趴在窗台听着车子颠簸的声音。"现在不仅路修平了，车子来回开得也快"，爷爷端着米酒，望向门外刚铺上沥青没多久的马路在中午明媚而温和的冬日阳光的轻抚下格外闪亮，不禁啧啧称赞，抿完米酒他又夹起吱吱冒油的春卷，这回他再不用省着吃了……

奶奶看我有些愣住，敲了敲我的头，往我碗里夹了一个春卷，它在这微微寒冷的傍晚中冒着缕缕的白气，弥漫在我的眼前。到最后什么都只剩了轮廓，觥筹交错的人面的曲线，圆桌饭，玻璃杯中白蒙蒙的米酒，碗里的笋干老鸭汤，也都若隐若现于春卷腾腾的热气中了。

氤氲的热气里，金色的霞光流水般静静地流淌在门前的路上，缓缓地漫上厅里的圆桌，漫上每一副碗筷。家人围着圆桌互道祝福时呼出的白气，与大地上这一年里最后的光芒互相晕染着，似是依依不舍地向旧年道别。圆桌今年又多了碗筷，我想或许这才是圆桌饭。

门外天空吞吐出最后一抹光，掩映着绸带似的霞一直洒到路的尽头，恍惚间我伸手就可以触到远方……

书中界

读有字之书，与其说是得到所谓颜如玉，得到所谓黄金屋，倒不如说是离一个作家越来越近。未曾读时，先是隔着一座城；读完扉页与序，便迈开了第一步；每每读完一个章节，你就穿越一条街道，当穿过大街和小巷，当翻过围墙和栅栏，你就能和作者交谈，也许隔着一扇窗你声嘶力竭，也许只隔一扇门你轻轻叩起。有字之书的魅力，在于你能不断地前进，积一跬步，走向最远的地方。你所从书中摄取的每一个跳跃着的字符，都将积淀起来拓宽人生。也许有人会认为，就算是通读了全篇也仍然和作者"你在这头，我在那头"，但胡适先生却早已给出最完美的诠释：怕什么真理无穷，进一寸有一寸的欢喜。因此，我倒愿上高楼，望尽天涯路。

读无字之书，倒不如说是不悔衣带渐宽，不悔为伊人憔悴。罗曼·罗兰在《米开朗基罗》中曾经说过这么一句话，我至今印象深刻——"生活中只有一种英雄主义，那就是在认清生活真相之后依然热爱生活"。生活是本家家户户都有的书，可以平凡到骨子里，也可以伟大到令人瞠目。《罗马假日》

里的公主想读不一样的无字之书，海伦·凯勒立志要把无字之书读透，霍金先生甚至要探索无字之书……无字之书魅力在于读之无悔，读之爱之。

　　读心灵之书，当是最难，难在众里寻他千百度，难在虽有千万人吾往矣的勇气，难在在一切磨砺的冲刷洗涤之后仍然拥有一份温润、一份磁性。以独立之志，做合群之事，以思想与良心去担当，熊培云先生的这句话，我认为是心灵之书最好的写照。有独立之志，应当是怀有最初的那份坚定，就像孩提时代心心念念想要吃糖，现在也当笃定与坚守最基本的为人准则，不听奸佞之言，不做墙头之草。做合群之事，在有的人眼中却是把所谓的精神、所谓的价值观，统统套在大千世界，继而评头论足一番，非要将几张图几句话剖析到人性、剖析到社会，这恐怕也不是合群。我们想要的合群，是敏感和深邃，是明澈和干净。以思想和良心去担当，不负初心，方能始终，一旦我们曾经认为佶屈聱牙、晦涩难懂的道理已不再是遥不可及，那才可谓是蓦然回首，却在灯火阑珊处。

此心安处是吾乡

列车徐徐开动,他望向窗外,数着后退着的电线杆,盘算着要数多少根才能到站。但很快他打消了这个念头,因为电线杆退得越来越快,扇面似的哗啦一下展开,眼前是苍茫辽阔的大地。不过他并不因此沮丧,反而有些舒畅,这样的话能更早些到吧。

现在仍是春夏之交,田野上一切都在默默地生长着,瓜田里的瓜藤在悄悄地蔓延着,他心里也滋生出对南方故地的眷恋。列车在北方望不见边的平原上疾驰着,几个零星的小村庄时不时跃然从窗外晃过,倒像是富有生气的点缀。那些村庄很可爱,他这么想着,可总觉得好像太辽阔、太渺远了。

一晃眼他漂泊在北方已经多年了,他习惯了北方那种放眼望去看不见边的大气豪迈,他见过秋天漫山的红叶连着火红的霞,也见过大冬天从头到尾都冻得结结实实的河,就连现在即使隔着一方小小的玻璃窗,他仍能够望见窗外正处在生长期的玉米田,高度似乎才过膝,无边的墨绿色里很少看到树木——也许这是北方特有的广袤与干净。

他忽然想起，在来时的那趟列车上，刚出发时时不时能望见水田，有时是河流与桥梁。那是个夏天，南方有些村庄水塘里长着弥望的田田的荷叶，那时父亲还跟他说这密密匝匝的荷塘是江南水乡独有的，看惯了荷叶的他只当玩笑话般左耳进右耳出，祖国大地何处没有菡萏？他如今想来确也是很久没有看到大片大片的荷塘了，父亲当年总会挑卖相最好的藕来做糖藕，同冰糖水一蒸，出笼时再撒一撮糖桂花，那时兄弟姐妹几双眼睛都盯着这道糖藕发亮，一上桌便争着用筷子夹。他抢到过最中间的那块，藕酥软、米香糯、桂扑鼻，可谓是人间至沁至甜之味。

回忆不断涌来，思念如韭菜一畦畦疯长。

他忽而瞥见坐在边上的一位妇人在给自己的女儿剥水菱角。母女俩一看就是北方人，脸庞的棱角有些分明，说话带着儿化音。那位妇人也许是第一次吃，用上了剪刀也没能把菱角壳给完整得剥开，当对上他的目光时不好意思地笑笑，脸有些发红。以前母亲剥菱角是很迅速的，她拿刀可以灵巧地劈开，拿起剪子也可以剥出白白嫩嫩的菱，完整得像个白胖小子。他询问这位妇人可否让他试试看为她们效劳，妇人点点头。没料到时隔多年，母亲的手艺他倒是学来了一直没忘，车厢里因为有他在剥菱角忽而弥漫起了缕缕水灵的味道，像是南方特有的精致。太熟悉的味道一下子勾起了他对以往的怀想，扎麻花辫的姊姊甜甜的笑，爱喝茶的舅舅喝到龙井时的沉醉，母亲洗野菜永远很有耐性地挑去老茎的细致……

窗外电线杆仍是飞速地从眼前晃过，一想到他离他们越来越近,他心中便更多一份宁静,也更多一份期待。

他忽然想起一句老话——"一方水土养一方人"。

当他再次望向窗外时,绿得无边无际,绒毯一般铺开去,延伸到极远处群山脚下的平原早已远去,眼前是绵延起伏的丘陵和新插着秧苗的水田,调色盘似的田地被精致地分割成小块,整齐得像他记忆里春节吃的冻米糖。偶有几片小荷塘,荷叶还不是很茂,但绿得喜人。

他笑了,下一站,心安处是吾乡。

从字里行间走来

他说:"好久不见。"

我说:"见字如面。"

他说:"你好,陌生的同学。"

我说:"你好,熟悉的同学。"

……

那天我踮起脚尖,小心翼翼地抽出书架中的那本书。

手还没收回,那一抹鲜亮的颜色忽然映入眼帘,那是一位穿着校服的学长,在书架的另一头静静地读着一本书,时不时翻着页,眼角流露出笑意。校服上橙色的条纹总是格外引人注目,像是阳光的影子。

我很熟悉他,他是图书馆最忠实的粉丝,我借书时他在窗边静静地看书,我还书时他依旧在窗边静静地看。他每天吃完午饭就来到图书馆,直到校外教堂里的钟声敲响时他才离去。阳光不一定每天都光顾图书馆,但他做得到。

曾借过图书馆里一本很少有人问津的书,虽然出版了好几年,书的封皮依然光亮,内页也依旧平整如新。

我也从未想到，它一直在等的一个人——是我。

图书馆从来不会照不到阳光。翻开书页，阳光静静地铺在纸张上，每个字符都开始有温度起来，心中正暗暗思忖着："确实是本美妙的诗集，多温暖的下午啊"。顺手翻开了新的一页，却发现书中躺着一枚书签。

三月初九，阴。阳光和诗集都很孤独吧。

字不秀气，却也不潦草，使我好奇这究竟出自一位少年或是少女之手。好奇心驱使我望向窗外，教堂的钟声正敲着第十二下，那熟悉又陌生的少年夹着课本从窗外经过，眉宇间透着文质彬彬。我十分愿意相信，这字迹是出自这样一个英俊的少年之手。

四月十五，晴。陷在阳光里的花朵，没有枯萎的理由。

就这样鬼使神差，我拿起铅笔刷刷地写下。抬起头看看窗外，阳光仍然是如此明媚，我合上手掌，希望拢一片阳光藏在书里，让书签里的人不会因为阴天而孤独。他会不会带着阴郁的气息？我更希望，他带着阳光的味道。

又是一个阴雨天，窗外的雨淅淅沥沥地没有间断过，我忽而想起他，他是否在雨中歇斯底里地狂奔，又或者是靠着窗户静静地聆听着雨声。随手拎起身边的雨伞，像是被什么牵拉着小跑去图书馆，像是在为一次相逢而狂奔。

触及书的封面时,我隐约觉得有另一片手心的温度在蔓延。但是我望向四周,偌大的图书馆只有零零星星几个人在自习,我安慰自己道,也许是我的错觉,他是不可能在傍晚来图书馆的。

四月二十,晴。一个陷在光明里的人,连悲伤也没有理由。

字迹比起之前有些许凌乱,也许是他忽然想起要上课时匆匆忙忙落的笔,但这至少说明确实有那么一个人,我无法勾勒出他的轮廓,也不知道他来自哪个班,但我隐约觉得,这个人就是那个少年,因为这字迹有他笑起来的模样,他嘴角的弧度和字的弧度不谋而合。

这本诗集不再孤独,因为有两个人来与它交谈,也许是在晨曦微醺的清晨,也许是大雨滂沱的午后,也许是月明星稀的夜晚。书里我们都熟悉对方,但又感到陌生;书中我们遇故知,但又是萍水相逢。慢慢地,我能描摹出他的神态,他合上书时的动作,他放回书时的温柔……我坚定地相信,他至少是恁般模样。

转眼六月,盛夏已至,聒噪的蝉鸣声和那股汗水味儿开始充斥着夏天,它一波又一波的热浪也把我更多地推向图书馆,寻找书中人带来的宁静与心安。可这一次,我再也找不到那张书签,那张写满密密麻麻字的书签,那张属于我和他的书签。心下一惊,有些着了魔似的翻着,终究没有找到。

忽而最后一页的小字——那再熟悉不过的小字映入眼帘。

毕业了,书签请君予我留念。
陷在阳光里的花朵,没有枯萎的理由。
陷在光明里的人,连悲伤也没有理由。

字里行间都带着阳光的味道,那一定是他的气息,是他。
我猛地回头,他好像不在那扇窗边了。
潸然泪下,我抱着自己那么熟悉的——也许是书,也许是他。

路

　　记得海子曾经说过:"我们最终都要远行,最终都要与稚嫩的自己告别。"我们总是在不停地走着、跑着、笑着,从充满欢声笑语和天真无邪的那段时光里走来,路过洼地,我们纵身一跃继续向前;路过泥泞,我们小心翼翼,终于看到平原;路过风景,我们铭记于心,驻足后轻快地走向下一站……无论前方开阔或是狭窄,无论是平坦通途或是跌宕起伏,无论是上坡还是下坡,我们都未曾停下脚步。

　　上坡,是我们最先遇见的欣喜和光明。我愿相信所有新生的事与物,都有其出现和发展的原因,都在希望的土地里慢慢地萌芽生长。那时候我们浸润在第一次遇见光的好奇里,总有那么一些人,会拉着我们的手,牵着我们前行。遇见岔路时他会告诉哪一条更安全,下起大雨时他撑起能遮挡所有伤害的伞,渐渐地,我们有了信心,开始学着跑。世界就像是永远的康庄大道,路边也从来没有荆棘的阻挠,似乎连风向都顺着我们跑去的方向。我们一路跑,一路遇见收获、遇见赞扬、遇见喜悦,就像是陷在阳光里的花朵,没有枯萎和悲伤的理由。

　　下坡,是我们离开了庇荫后必须独自走完的波折。就像在海上扬帆的水手总会遇见大风大浪,就像是再得心应手的画家也会猜错颜色的融合,就像是再优秀的学生也会考试失利……曾读过一句诗——那一切都是种子,只有经过埋葬,才有生机,诚觉特别贴切。逆境永远不会缺席,不在最艰苦的条件下生长的莲花不足以称天山雪莲,不经历过自然洗礼的花散发不出久久弥漫的幽香,没有泥泞和坑洼的路不存在,而没有逆境和挫折的人生不完美。作家林清玄面对挫折,在《百合花开》一文里提笔写下"我要开花,不管你们怎么看我,我都要开花",坚定地面对下坡的挑战,然后思考继续上行的办法,才是下行的意义。

　　上坡和下坡如纵横的水网交错,似老城里的街巷穿插。路遥说在这些平凡的世界里,也没有一天是平静的,而我却认为在每一条看似平凡无奇的路都不同,都充满着上坡和下坡的无限可能。所谓的上坡和下坡,都是我们必经的路,只是同一条路上的地形起伏。遇见上坡时以最昂扬的斗志去探索世界上的一切美好,遇见下坡时以最乐观的心态去克服前方的挑战,因为即使是最平凡的人,也得要为他所选择的路而奋斗,无论那条路大多是蜿蜒崎岖,抑或大多是春风得意,因为路只有一条,而前方也永远是那个方向。

　　走好这条路,更是走好这条路上的每一段上坡或是下坡。正如书里所说,勇敢的人,不是不落泪的人,而是愿意含着眼泪继续奔跑的人。下坡时如果跌跌撞撞意志低沉,就可能被路边的杂草绊住脚，或是陷在不能自拔的泥淖之中，一直经历下坡和泥泞，而如果热爱这浑然天成的泥泞，境遇会截然不同。有的人说泥泞诞生了跋涉者，它给忍辱负重者以光明和力量，给苦难者以和平和勇气，有的人说当我们爱脚下的泥泞时，说明我们已经拥抱了一种精神，曙光就在下一个山头，而上坡就在生命的不远处，我对此深信不疑。

　　我们可以不相信命运，但我们必须相信自己的每一步，我们可以不相信手掌上的纹路，但必须相信手掌加上手指的力量。当下的泥泞我们不能选择逃避，但是可以选择面对泥泞的做法，而我们态度的积极与否所铺就的两条未来的路，却是真真切切截然不同的路。正是因为人生充满着不可测，所以我们在任何时候都要抱着一份希望，怀一颗志气不消的心，怀一种大地未绿我先绿的勇气，怀一种草木已凋我不凋的坚韧。

　　我听见回声，来自山谷和心间，来自一段段我所踏上的关于上坡和下坡的旅途；我相信我们生来如同泰戈尔笔下璀璨的夏日之花，不凋不败，妖冶如火。我们享受上坡的欢愉，坚定在下坡时与挫折斗争的勇气，期待未来更多地向上攀登，也做好准备让每一次下坡成为新的上坡的台阶。

　　生命中的上坡下坡如云如星般多，而我们乐此不疲。

远远望，细细念

我所爱的雨天不是枝枝节节的一些什么，而是整个与我的心灵相黏合的一段时光，一把伞，一眼望，多少风风雨雨，从雨滴轻落掌心的欣喜一直到我梦里水洼映出的重重人影，都积凑到一块儿，每个角落有个我，我的每个雨天有份情怀，只是难以言说而已。

城市的西边，雨天是那个季节里最可爱的天气。

只有下雨天，放学后小伙伴们的雨伞才会在灰蒙蒙的天里一朵朵地长出来，像是悄然冒出的野蘑菇。一朵，两朵，三朵……一大片五彩斑斓就这样渲染开来，像是巨大的彩色雨滴落在地上溅出的水花。

"我家住在郊外宁静的小路上，我把糕点带给外婆尝一尝……"最兴奋的是能和别的同学撑一把伞回家，因此我总盼着下雨，这样对面楼的女孩好和我撑一把伞，手拉手走回家。风斜斜地吹，吹了我们一脸淅淅沥沥，可谁都不担心因为没被伞遮到而淋湿。我们一路引吭高歌，用雨靴踢踢踏踏地踩在水坑里，啪叽啪叽，任由水滴蹦到我们的雨衣上。你一言我一语，只言片语在微醺的黄昏里飞舞着。歌声这东西若是有气味的话，那就是路边野花的香，甜而轻松，像终于结束辛劳课程的快乐，淡而悠长，像哼着小曲儿的闲适。

我远远地望着她走进单元门，黄昏下她被拉长的背影，格外好看。我想把她的背影收入伞中，让每一个雨天都灵动得带着小跑一路且歌且行。

城市的东边，雨天的黑夜是最高大的风景。

晚自习下课后，整个城市都已经湮没在黑夜和豆大的雨珠里。而能映照出雨的，是闪烁着的不停变幻着的红绿灯，是无言的车大灯。屋檐上的雨滴如流线一般下落，像是冰川上的融雪一股股倾注汇聚。我和蜂拥的同学们从学校里出来，伸长脖子望了望远方，却也还未看到自己最熟悉的格子伞。风是斜的，雨是斜的，刮在我已被打湿的脸颊上，有些许的冷，我不由地往里挪了一挪。我拥有灯下淡黄色的一圈一圈的光晕，我拥有灯下明晰可见的雨连成线，可我却只想望穿那披上黑衣的街道，期盼无边黑夜里能走来我的英雄。

当远方一个小的黑影快速地由对面街的另一头走来，我该是多么庆幸！他一只手举着伞，那不算健壮的身躯在远处小跑着，身子向左微倾，等着一个没有汽车穿过的好时机。他顺势一脚步下台阶，却不偏不倚踩在一个小水洼中。他愣了一下，继而又大步地穿过这个水洼，径直向我走来。他来了，他来了！熟悉的声音传来——"走"，没有过多的言语，甚至不需要说一句话，我们就这样很有默契地走着。

雨依旧在下，城市也依旧在一波又一波的人群中跳跃着相遇和分别的脉搏。风还是斜斜地吹，但伞足够大，我再也没有被打湿一丝一毫。

回到家里，父亲扑扑肩上和裤脚管上的水，心里很轻松似的。我望着眼前这个已经有了一丝银发的男人，他大概是夜空里最亮的星，能引我前行。

城市的南边，雨天是潘多拉，带着她心爱的宝盒。

走在马路上稍不注意，崭新的球鞋就会和带着泥的小水坑来个亲密的拥抱；即使我小心翼翼地走在行人道上，蹑手蹑脚地，可冷不丁地，街上总有那么些松动的地砖，一脚踩下去就像多汁的水饺那样迸出水来，像是泼墨般突如其来。高中以后节奏不断加快的生活让每个人都无暇顾及他人的雨幕，似乎每个人的雨幕都遥遥相隔。

漫长的红灯总是能让人停下脚步的，好有时间凝神看着马路上的来来往往，行色匆匆。

我看到被飞驰而过的车溅到而骂骂咧咧的大妈在雨幕里高歌着自己的不满，直到她身边的大爷和和气气地帮她擦去裤脚上的泥；我看到因为发挥失常的学生在雨幕里掩藏自己心中的失落，直到后面走来的同学拍拍他的肩膀；我看到在雨中回家的夫妇身上映着两帘雨幕化为一帘雨幕的温暖……

每个人的雨幕慢慢地融合，一如原本飘散开的浮萍又再次聚在了一起。

雨变得如小羊羔般柔软起来，我又听到了小女孩唱的歌声，悠远而绵长，我又看到了马路对面有一把格子伞一路小跑着赶来。

我多么想在这个十字路口静静地守下去,一直一直望,望到城市尽头,望着来时的路,望着来时的人,甚至想望到天涯。

像是拾回了自己最初的本心,再也不在意是大雨让这座城市颠倒还是小雨让这座城市润泽,因为无论什么,都再也挡不住最初的美好。

"孩子,天晴了。"素不相识的环卫人拍拍我——我这才意识到,伞该收了。

这一日,马路边传出了青草的芬芳。原来,春天又到了。泥土的土香味里,所有的雨声都安静下来,只由它弥漫,散开。一路走来的甜蜜苦涩,在这草本的淡香中,一点点消除。渐渐地,连空气也变了味道,有一种清甜和宁静在其中洇染,洇染成青色的。看似无奇的雨天其实并不是,它有它的情怀——即使一灯如豆的关怀,也足以明亮一个人的心。而如今,我远远望,细细念。

给麦家的信

尊敬的麦家先生：

您好！

与其称呼您为一位有着让我爱不释手作品的作家，我更愿意称呼您为一位长者，一位相识已久的老朋友。仍记得在2010年的时候，我和许多跟我同龄或者是稍大一些的同学，第一次来到您的居所，以小记者的身份对您进行采访。那年您的《风语》出版，轰动一时。尚在小学的我，对很多事情还没有十分深刻的理解，包括您最了解也最擅长写的谍战。在我最懵懵懂懂的时候，谢谢您在书上提笔写下"读书温暖你"，也正是因为这一串行走着跃动着的阳光，让我叩开了书的城门。可时至今日，我仍有一个问题想请教您，究竟什么是信仰？

《风语》中提到过这样一段话，是所有黑室人员效忠的宣誓——"我宣誓从今天起，我生是党国五号院的人，死是五号院的魂，我将永远忠诚于党国……"这些字一板一眼，可在这背后却是铮铮铁骨在那无人知晓的楼中为信仰而大声呼号、大声呐喊。陈家鹄提出要修改誓词，理由是他的信仰有不同之处。信仰听上去是一个很广泛的词,但这个词仿佛又极其具有力量,能让人从黑暗中抓住唯一一缕曙光,从泥泞中挣扎起身,在低谷中攀岩而上。

  信仰到底是一种怎样的东西?身边老小区里的爷爷奶奶们说他们吃斋信佛教,远在西藏的喇嘛三步一叩首只为到圣地,那么宗教到底能不能算是真正意义上的信仰?身边有的亲人是医生,每天默默坚守在最不被病患家属理解的岗位,一日三餐有时候都不能够按时吃上,却还坚守了将近20年,那么工作究竟是不是人的信仰?身边有的同学乐此不疲地在函数和几何之间,喜怒哀乐全在一道大题的得分与否,那么这算不算是他们的信仰呢?

  我认为一个人的爱好也可以是信仰,因为很多人的爱好是终生的,有的人热爱设计,就成为优秀的建筑师,他们倾注全部的爱在那方寸图纸上凝聚出最流畅的线条,但我也认为一个人的想法有时候也能是信仰,小时候的我很喜欢洋娃娃,就把它们放在床边,谁也不能动;现在的我想要守护自己的家人,就定下一个目标把这个作为动力,为之不断努力……那么,信仰会不会是自己喜爱的事物?

  信仰好像很小,每一个人都有信仰,许许多多的信仰拼起来好像就像银河那么亮、那么密;信仰又好像很大,一个很平凡的人内心里就能装下一个家、一个世界。那么,我想听听您对信仰的看法。

  祝

  身体健康!

答案在风中飘荡

城市是谁？我说不清。

当两个萍水相逢的人初次见面时，难免提及家乡这个话题。"我是金华那边的。""真巧啊，我们永康就在边上。"然后两个人像是找到了远方的兄弟一般，相谈甚欢。

旅游广告里蒙蒙烟雨中古色古香的白墙黑瓦由远及近，它是一座城市的金名片。也难怪人们想起江南总会记起古镇，就像想起杭州，总怀念起西湖来。

远出的人总是对一座城市特有的菜式情有独钟。餐馆里令人啧啧称赞的不是西餐，却是川菜鱼香肉丝。究竟是这座城市的魅力让这道菜成为佳肴，还是这道佳肴已经成为这座城市在人们心中无形的样貌？

纵使家乡是一座城，景点是一座城，记忆是一座城，我始终觉得每一座城市都无名。每个人都给自己的城市取了名字，在心里。这名字大可以不为人所知，甚至是不为人描述出的，可以是一个熟稔于心的词语，更可以是一缕在心田里萦绕挥之不去的跫音。

从前我只知道我所居住的地方是一座城市。

我见过整个城市晚高峰时被川流不息的车辆所染红的高架桥，那是这座城流淌着的血液。我见过数不清的交通灯红了又绿，绿了又黄，像是四季的变换，只是每一个季节，都有断断续续的鸣笛声在上空盘旋。

我见过华灯初上时整条街霓虹灯的闪闪烁烁，城市的一头弥漫着烧烤的烟熏火燎，无数啤酒杯的肆意碰撞，交谈与笑语如啤酒上那浮着的白色泡沫一般起了又灭，灭了又起。

我见过高耸林立的公寓里，那由下至上鳞次栉比排列的窗户，那在漆黑的夜幕降临时齐刷刷透出的淡黄色微光，不刺眼却很温暖，不整齐却格外舒心。

我见过，却只是见过。

这些熙熙攘攘和平平淡淡，都是这座城市的，我什么也没有。

在那些流着汗与泪而拼搏的日子里，我不过是在晨光熹微的时候极不情愿地从被窝里爬起，在整座城市渐渐有了倦意的时候坐车回家。我真的认识我所在的这座城市吗？我真的知道他的名字吗？答案也许是否定的。

坐车回家的路上，看着3路车的总站在车窗中一闪而过，这像是一个开始，紧接着熟悉的街景又开始走马灯似的在眼前一幕又一幕地放映，唯一能让这一幕放慢或者停下的，也只有在十字路口高高俯视一切的红灯。心中觉得有些沉闷，便摇下了车窗。

看见的还是这座城晚上八点半时的容貌，神奇的是他竟数年来未曾老去。

当一股甜甜的气味扑鼻而入，瞬间我脑海里蹦出来的便是马路前面的那家面包店，难以言说又十分笃定。城市如蚌，这是最柔软的部分。这夹杂着奶油味的面包房的特殊气息能撩拨我的神经，它吹起了我的发梢，绕过了我的耳根，勾起我对含着黄油和糖霜的蛋糕的无限向往，似一种无形的力量借着风儿牵引着我。似乎顺着这缕气味，似乎就能走到灵魂的归宿，走到这座城市里隐匿着的洋溢着温暖和甜蜜的城堡。

那天也许是鼻子十分灵敏，许许多多的气味就像张开的大网笼罩着我，然而每一道气味都让我熟稔得能张口报来是什么，根本无须思考。当车子徐徐开动的时候，我知道那带着化学试剂和香波味道的气息是街对面的理发店，那里的女老板总是知道我不喜欢一次性把头发剪得太短。我闭上眼，那晚我能感受到沿途刚上市的凤梨的鲜甜，感受到沿途的店面一家家从车边飞过。香甜的水果味和汽油燃烧的尾气，街角的片皮鸭和金属气味的五金店……不同的气息就那样交错着，混杂着，在风中飘荡着，和我的呼吸。

这个城市呼出的气息，纵然不断地变换，却令我那么熟悉，那么亲切，令我激动得想从车上跃起。就好像是游子认出了亲人，守望者迎来了春天，和这座城市的一切隔阂都在消融。

我开始大口大口地呼吸，仿佛想把整个城市都融入我的身体。

灵魂好像被一丝一缕地充盈，整个城市的心跳好像正是我现在所触碰到的，这是我的城市，我的朋友，我的亲人。

我不在乎我居住的城市是经济中心,还是前朝古都,我不在乎这座城市究竟名唤何,我不知道这座城市的名片究竟是什么,给我最深印象的是什么。因为城市无名,但在我心中他独一无二,无与伦比。我只要感受到这座城市的一丝丝呼吸,就想要拥他入怀,心中就有了他的名字。我且由着他的气息,在风中飘荡。

我记得有个作家曾说:"一个人的记忆就是座城市,时间腐蚀着一切建筑,把高楼和道路全部沙化。"城市既然是无名的,那么又何惧被湮没?城市就算没有了形骸,每个人心中的城市依旧在脑海中飘荡,只要有即使是微乎其微的痕迹,整个城市便会重现。不会被岁月冲淡,不会被灾难毁灭,不会被成熟掩盖。

我希望城市无名,如清晨清爽的风,如夜里温暖的光,从喧嚣到寂静,由昼到夜。

然而我认识他,这多么好啊!

守望岛的孩子

他望啊望,望不见大地上昏黄的灯光。

于是他自己点燃一盏灯,在那片光晕里静静地守望着。

——引子

那是一条神奇的河。河的左岸有个岛屿,名曰守望岛,岛上的人们都不是当地人,从天南地北来,因机缘巧合聚首,虽说各自带着各自家乡的印记,却也相安无事、其乐融融。

陆家是守望岛上最兴旺,也是最受村民敬佩的家族,但具体从哪儿来,倒也甚少有人能说清楚。

老大和老五带来的戏可是村里的一绝儿,大伙儿都爱听。老大声音清亮,老五声音雄厚,他兄弟俩要是说自己唱得不好,那整个村都不敢有人站出来说自己唱得好。老二是村里公认屈指可数的知识分子,村民见了他莫不敬佩,哪怕老二烟瘾发作蹲在门口抽支烟,路过的村民还要告诉自己的孩子"别看陆老二是在抽烟,实际上啊,那可是他在做学问……"他说什么大家都信,但凡遇事求陆老二出主意的人,要是排起队伍，那准能站到村口。

大概是老天也嫉妒陆家，大前年一场暴雪让老大生了场风寒，一病不起，两个月后他竟抛下妻子和一个刚刚出生的男婴，撒手走了。

那年的冬天，村里有人看二叔在门口叹着气，手中的烟抽了一管又一管。不管怎么说这婴儿也算是守望岛的孩子了，陆老二下定决心要把这婴儿抚养成人，最终他思来想去给那尚在襁褓中的侄儿取名陆遥知。

"遥知兄弟登高处，遍插茱萸少一人……"一来可寄托对他兄弟的怀念，二来又希望老大在天有灵，远远看着这孩子长大。想到这些，陆老二拍了拍大衣上的烟灰，进门去了。

陆遥知父亲那些唱戏的全部行当，也暂时被整齐地收在了一只小木箱里，搁在了陆家的小阁楼上，鲜少有人留意它的存在。

雪落了一年又一年，穿过一整个冬季，纷纷扬扬地洒到了初春的谷场上，夹杂着微微的寒冷，化为尘埃，轻轻地掩在阁楼上的小木箱上，寂静得没有一丁点儿声音，宛如时间悄悄打马而过。小遥知也一年年地长大，会绕着二叔跑跑跳跳了。

小遥知最喜欢的便是过年了。

二叔家里挂着老黄历，一天撕一张。小遥知得了空便跑到老皇历底下数着日子，嘟囔着"廿二，廿三，廿四……"，有时还会拉着二叔衣服的下沿，一遍又一遍地问着是不是快要过年了。若是已至深秋，二叔会放下手里的烟管，长长地呼出一团白雾，抚摸着遥知的头，吐出几个字，"快了，快了……"听到这儿遥知总是会鼓掌叫好,然后蹦跳着跑开去。

"要是这孩子长大以后能继承老大的衣钵,那该多好啊……"想到这儿,二叔又悠悠地点起一管烟,缓缓地呼出一长串的白色烟雾,恍惚间他脑海中闪过一个念头,他有些害怕遥知对这些不感兴趣,猛地呛了一口,熏得满屋子都仿佛冬天般笼罩在霜雾里。

当日历被一页一页撕下、消失,纷纷如羽的雪花再度从灰蒙蒙的天空落下来,落到刚刚收获完仍点缀着些许谷粒的大地上,炊烟里裹着的糕点香已弥漫在年关时的村庄。这是陆家一年中极热闹的日子,村里读书人本就不多,加上二叔平时待人接物都不错,因此许多人家都乐意请二叔写副对联。

王嫂和陆家很熟,年年这个时候都来陆家坐一坐,顺带求一副对联。当陆老二铺开纸笔时,王嫂总会跟他叨嗑些家常,"过了年遥知要六岁了吧?"陆老二应了一声,没怎么接话。忽然王嫂似乎是想起什么似的,试探性地问道:"今年总要带遥知去那边了吧?老大唱得好,儿子一定……"陆老二把刚写好的对联卷起来往王嫂手里一放,找了个理由催促着王嫂回家。

其实,陆老二自己也没有想好。

一盏茶的工夫,烟又笼罩着整间屋子,窗外雪落了一地。

那年的除夕,陆老二在书房里踱了一下午,思前想后,还是吃过晚饭就带着小遥知出了门。遥知也不知道二叔会带他去哪里,光看着村里一户户人家都急匆匆地出门,赶往河对岸,他便感觉那是一个很热闹的地方。此时夜幕已垂垂地下来,河对岸的人家在这天也把屋子里的灯点得通明。明明灭灭的万家灯火,在暗暗的水波里,又拨开层层缕缕的明漪。河对岸搭了个戏台,布置不算太讲究,舞台上也只有一盏黄色的大灯,因为天寒,灯色的光晕里透着腾腾的雾气。

戏台底下村民们叽叽喳喳,男人们涨红了脸谈天说地,女人们你一言我一语地讨论着谁家今年收成好,谁家小孩今年成年,熙熙攘攘好不热闹。这是陆遥知第一次见到这种场面,小手指着戏台,问二叔那是什么好玩的东西。二叔像是被什么触了一下,赶忙把遥知举起来放在肩膀上,生怕遥知一会儿看不见,"听五叔唱戏。以前,你爸爸唱戏也可好了……"二叔似是想把所有想说的话都一股脑儿告诉遥知,但话都到嘴边时二叔又咽了下去,他有些犹豫。

正当二叔犹豫不决之时,钹已经锵锵锵地敲起,人群仿佛收到了指令一般,就在那一刹那归于安静,甚至静得能听见月光下潺潺的河水声。紧接着化了精致面孔的青衣不紧不慢地走上前来,在那昏黄的灯光下咿咿呀呀地开腔。

遥知转过头去,发现无论是喝了白酒脸色酡红的大汉,抑或是颤颤巍巍的老者,他们的目光都落在唱戏的五叔身上,个个出了神;再回头看看二叔,连他也出了神,嘴边的小胡子微微地抽动着,有什么想吐露,却又迟迟不开口。舞台上昏黄的灯光流水般静静地流淌在每一个人的脸上,人们呼出的氤氲白气与台上的灯光互相晕染着,到最后什么都只剩了轮廓,人面的曲线,也消失于光晕中了。

无论是第一次看戏的陆遥知,还是台下的村民,最后谁也没有看到二叔眼角泛着些许混浊。

倒是月色，在浑虚的光影下格外清朗。

新的一年里，陆家老五决定迈出守望岛闯一闯，只身去了城里打拼，年中时把家搬到了城里。陆家宅子里老五的房间那以后变得有些空落落的，只有木柜里还躺着几副鲜艳的脸谱，突然间成为一屋里最有生气的东西了，只是在孤独地等待着什么。自那以后除夕夜村中便再无人唱戏了。大家伙就一起拆了那河对岸的戏台，木桩也不知道堆在了哪块空地上，又或是趁天黑被哪家拾去劈了当柴火。

陆遥知尽管只听过一次除夕夜五叔唱的戏，却打那以后愈加天天盼着过年，盼着和二叔去看戏。二叔自然喜不自胜，赶忙亲自去请别村的戏班来教遥知。那段时间村民们都在谈论陆老二给遥知请师傅的事情，有的人说陆老二可是花了大价钱，有的人说陆老二把一直舍不得用的铜烟斗送给了戏班当家。究竟陆老二是怎样请来遥知的师傅的，怕是除了他自己，谁也说不清楚。

当听见隔壁屋中传出陆遥知清嗓子的声音，紧接着传来字正腔圆的唱腔时，陆老二的烟圈都吐得轻快起来，也愈发圆了。那天练完曲子，遥知跑过来问二叔："二叔，父亲如果还在，是不是也是唱戏的好嗓子？"

二叔想问题时总是要抽上一管烟的。这次二叔一管烟抽了很久，然后才长长地呼出一口气，"你父亲嗓子那叫一个好，他和他唱的戏啊，守望岛上的乡亲们年年都惦记……"

大概就是很厉害吧，陆遥知疑惑着点点头。

陆遥知一天天长大，生活的艰辛逐渐磨去了童年的期盼。

当年惊艳了时光的唱腔一点点遥远起来,儿时的冲动与欢喜也渐渐在平凡的生活中远去。后来陆遥知在城里的一家剧院里找了份工作,一直以来他都在悄悄地攒钱,想买两张剧院的戏票。

那天陆遥知带着头发已经斑白的二叔来到了剧院,特地挑了最中间的两把椅子坐下。

剧院有着酒红色绒幕布,舞台是实木制的,踩在上面也断然不会吱吱作响。当穿着精致、面容姣好的演员大踏步走上舞台时,一排明亮的大灯打在舞台上。票上赫然印着演员动人的姿态,以及他们专业科班出身的背景,每一位手握着戏票的观众都满怀着期待。一场戏曲唱下来,鼓掌声一波又一波,久久在剧院里回荡。

明明是一场精彩绝伦的演出,二叔和遥知怅然若失。

遥知忽然十分想念那年除夕的戏曲,昏黄的灯光下,五叔唱出了大地上最动人的戏曲,那年他听过的一曲,竟萦绕在他心头数年挥之不去。他忽然想起五叔送给他的脸谱,脸谱上精致的线条仿佛在呢喃;想起二叔请来的戏班,戏班当家指尖轻捻的画面浮现在眼前;想起阁楼上那鲜少被人想起的木箱,似乎也在等待从河对岸飘来的悠扬唱腔。他望了望二叔,"二叔,再跟我讲讲父亲和他的戏曲吧……如果可以,我想回去……"

阁楼上的小木箱上已经堆砌了厚厚的一层灰,尘封着陆老大的行当,不让它受半点风霜的侵蚀。箱子上的锁已透出斑斑驳驳的铜锈,细细打量仿佛能又一次听到陆老大那似乎从来就没有消逝的清亮的唱腔。陆遥知轻轻地拂去尘埃，小心翼翼地转开了锁扣。斜斜地透过窗户洒进来的阳光和扬起的灰尘，结成回忆的网。

雪落纷扬，又是一年的除夕。

河岸边新搭了个戏台，那夜仍是明明灭灭的万家灯火，在暗暗的水波里，又拨开层层缕缕的明漪。戏台上也仍只有黄色的大灯，据说是陆遥知特地嘱咐的。冬季的夜里仍是透着寒意，灯色的光晕里透着腾腾的雾气，令人不禁怀疑这光是当年那除夕夜穿越而来。台下村民们也早早落了座，邻里之间絮絮叨叨个不停。

铿锵的锣鼓声响起时，寂静在人群中飞也似的蔓延开去，像是等一场期待许久的盛会，他身披父亲当年的戏服，一脉相承。那嗓音清脆，脆亮得如天边一汪水似的月色。台上的灯光仍是黄而又泛着晕的，灯比以前愈发多，光晕也更甚了。于是在星星般黄色的交错中，台上台下的一切都浸在了光雾中，像是披了纱。

村民们的脸上仍是映着柔和的黄光，台下陆老二的胡子一抖一抖的，红了眼眶。月光和灯光汇入河里，岸上光秃秃的垂杨那淡淡的影子，在水里摇曳着。坐在前排的小孩子们睁大了眼，听着陆遥知那悠远绵长的戏曲。

它们经过冬夜的寒风的吹漾和水波的摇拂，穿过光晕到村民们耳边的时候，已经不单是陆遥知的唱腔。而这唱腔，来自守望岛的孩子，被河水载向远方。

此刻河对岸的岛民怀着对新年的期冀沉沉地睡去，殊不知陆遥知的唱音飘过了河,飘在了新年的守望岛每家的小院子里。

　　这一夜,守望岛的乡民,不少人失眠了……

素亦有清欢
——《心有欢喜过生活》读后感

素,谓之质朴;然唯有素,才是清欢。

——题记

江南春喜

芳草怀烟迷水曲,密云衔雨暗城西。

江南春喜,浸于情丝,在这江南独有的梅雨季节中发酵。细雨含情,柔柔地轻抚江南独有的青瓷黑瓦,沿着瓦楞间那仿佛特意为它留好的罅隙,汇聚成数股细细涓流,柔柔落在屋下的青石上。只听得雨声淅淅,融进了那一抹烟雨江南中。水墨画卷上黑白灰轻描淡写的江南,石阶上没有马蹄声达达,江南的四月却正赶上一朵朵油纸伞的盛放。伞下着绫罗的女子眉间并未锁着忧愁,而是朱唇含笑,笑看雨细如针,点在一池春水,想到春笋的拔地而起,想到春暖鸭知、河豚欲上的欢喜。

心有欢喜,漾起一圈又一圈的涟漪。

江南夏喜

江南可采莲,莲叶何田田。

每每梅雨季节过去,在巷子中坐落的客栈,都能够飘入清晨巷子中的杏花香,闻到那响亮的吆喝——卖杏花嘞!老妇人挑着生活的担子,把自家的清香带给来往的人。深深的皱纹也挡不住嘴角漾开的笑意,老妇人的欢喜,更多是一种农妇特有的对自家花儿的自豪。

江南之夏是独爱芙蕖,就像是江南女子脸上那团微醺的红,由花心一直晕染到花瓣,这实是不可思议的。夏初的莲蓬呈鹅黄色,让人觉得嫩得都能掐出水来,再也不愿多触及它一分一毫。也只有当湖目成熟之时,才有采莲女撑一篙船来将那莲子的清香载回岸边。采莲女拨弄着船桨,轻轻地推开那重重的莲叶,桨悠悠一划,岸边便再寻不着她们的踪影。待她们再次划桨,船中已满是菱、荷叶、莲蓬。采莲女相谈甚欢,笑语嫣然。她们没有富贵的生活,但人间的柴米油盐,江南的水田荷叶,已是她们生活的大半。她们宁静和谐、与世无争。清淡的生活也能描绘出采莲女的欢喜,此之谓清欢。

江南秋喜

一暇秋蝉思高柳,夕阳原在竹荫西。

秋本意味着凄凉,而江南又怎会"翠荷残,苍梧坠。千山应瘦,万木皆稀"?不仅如火般满山红叶尽收眼底,连夕阳西下,落日的余晖都把半边天熏得彤红,云朵也被洒上了金红色的碎金。风吹动着江南水面，水面轻波如鱼鳞般。夕阳斜照在渔翁银白色的胡子上，也照在渔翁手中网里蹦跶的银鱼上。似江水般闪耀，却比那江水更鲜活更鲜亮。老翁利索地收起网，拖到船上，捋着胡子满载而归。水乡里千家万户，浸在鱼虾鲜香中，自得自家欢喜。

江南冬喜

绿蚁新醅酒，红泥小火炉。晚来天欲雪，能饮一杯无？

夜里飘起片片雪花，纷纷扬扬。雪落无痕，它们或曼舞或驻足在茅屋或流连于梅花暗香或轻盈地点在湖面，悄无声息。人们第二天早上打开门，才发现庭院里积雪竟已几尺厚，田野间也是盖上了雪白的一层。正所谓瑞雪兆丰年，大雪就像是给田里的菜苗盖上了一床被，也给人们带来了对好收成的向往与喜悦。小孩子开始贴窗花、贴对联，大人们忙着筹备年夜饭，走向来年。读书人有兴致，挐一小舟，访湖心亭，于茫茫天地之间，山长水远，万籁俱静，看天地粉妆玉砌，一派洁净。行在舟中，手捧一卷书，围一炉红泥小火，品一杯苦茶，落诗：晚来天欲雪，能饮一杯无？纵寒窗依旧，又有何不欢？

江南素有清欢。素，亦是清欢。

喃喃私语

> 她是一个谜,不与你言说,只喃喃私语。
>
> ——题记

江南可采莲,莲叶何田田。

每每梅雨季节过去,天稍晴些,若能在巷子里的客栈里酣酣睡去,大清早都能有幸被巷子中飘出的杏花香从朦胧的睡意中唤醒。总听见那响亮的吆喝——卖杏花嘞!明朝深巷卖杏花,这也是对梅雨季节最好的告慰。那一声声叫卖声,是对一个新到来的时令最好的召唤。也许仕人会以之为聒噪,然而听到那带着露水的嗓音,我心下总是不由得生出一份喜悦来——夏天要到了。赏过杏花,便是立夏登上自己舞台的时候。东边的人家飘出"咄咄咄"的捣乌叶声,西边的人家回应以"哗哗哗"的淘糯米、搅糯米声;南边咸的竹筒糯米饭在蒸笼里"噗噗噗"地与蒸汽不分你我,北边一勺勺白砂糖已经"擦擦擦"地撒在了乌糯米饭上……这样低吟浅唱着,江南的夏季才算是真正地来临了。立夏有量身高称体重的习俗,长辈曾告诉我,夏天小孩子最容易长个子,"去年的裤子今年就穿不下了"如此的话更是不绝于耳边。这也难怪每家的屋檐下仿佛都有一位母亲在絮絮叨叨,唠叨着孩子的成长,对他们的长个儿谈了又谈、说了又说。这个时候没有织布机的唧唧声,只有母亲们的闲谈与欢笑。江南的窃窃私语,由此可窥见一斑。"小荷才露尖尖角,早有蜻蜓立上头",杨万里是独爱这江南的芙蕖了,就像是江南女子脸上那团微醺的红,由花心一直晕染到花瓣。宛若是那曼妙无比的身姿,展现出江南独有的温柔细腻。细看那一丝一丝的纹路,不约而同排列得那么有致,这实是不可思议的。再里面即是莲蓬了,夏初的莲蓬呈鹅黄色,绿色少得屈指可数。可就是这样的莲蓬,让人觉得嫩得都能掐出水来,再也不愿多触及它一分一毫。也只有当湖目成熟之时,才有采莲女撑一篙船来将那莲子的清香载回岸边。那船篙划水的声音,是这个季节最曼妙、最沉甸甸的语言,每一个字眼都有如一颗莲子,浑圆如玉、掷地有声。可这一切又何尝不是宁静和谐的,与世无争的。也难怪这是我所听见的江南的喃喃私语。

如今回忆起那喃喃私语,却是难以忘记的。

觅食记

如果当初贡院设下了不许学生走出校门觅食的规矩，一天一次的傍晚大批学生鱼贯而出等待着过马路觅食，该是一件令人瞠目结舌，堪称闻所未闻的热闹事吧。你在售卖着香肠豆腐干的服务站与插着红得发亮的糖葫芦的售报亭之间走过，两边和穿着一样的校服的同学摩肩接踵——你知道穿橙色校服，走路爱踏猫步的高二学长最喜欢去的地方是那家米线店，你也知道那笑起来很动人，留着刘海的高三学姐总是去吃披萨。于是你牵起一同去觅食的好伙伴的手，像个小孩。太阳还没落山，斜斜地照在人行道上的时候，将你身边的人的发丝映得金黄，然而也只有一家店你们可以静静地坐下来品尝——不然肚子会撑着，让你决不能在铃响前跑回学校。觅食应当是喜悦的，可觅食也是十分头疼的，哪家店有美味，哪家店不排队，哪家店离校近，哪家店最实惠……你一言我一语，只言片语在黄色的夕阳里飞舞着。觅食这东西若是有气味的话，那就是街边烤红薯的香，甜而厚实，像终于结束辛劳课程的快乐，焦而软糯，还像堆叠成山的作业的惆怅。

我不大能够想象，南门的烧饼为什么总是供不应求，大概是因为离学校最近，大概是因为价格平易近人，大概是因为是新鲜做出来的……我曾抱着好奇的心态，和同伴买来品尝。老板娘熟练地从硕大的面团中抠出一小块，舀上一勺馅子包好，擀平，便沾了水交给守在炉子边的丈夫。她的丈夫用粗厚的手把饼一接，再往炉子上一贴，就开始招呼客人。他对烧饼是敏感的，等到小小的烧饼炉里冒出一丝丝微弱的也许大家都感知不到的白烟时，他就拎起钳子，右手从炉子中夹出已经金黄金黄的烧饼，左手顺手拈起一个纸袋，顺势把饼放进纸袋递给我们。我心急着尝尝，一口下去没尝出味儿嘴巴就被烫出一个泡儿来，惹得身旁人哈哈大笑。不过我和小何同学都是叼嘴巴的主儿，总觉得这个烧饼皮太厚、里面肉太油，在达成怀念西门的酱味浓厚的肉麦饼共识之后，我们转头就奔着心中那美味的饼去了。直到后来我看见隔壁班S同学发文感叹南门仙居烧饼有家乡味道，我才明白——原来让大家驻足停留的是情怀，带有丝丝香气的还是情怀。

让我们从这里出发

尊敬的老师，亲爱的同学们：

大家早上好！我是来自高一（11）班的吴隽煊。今天我演讲的主题是：让我们从这里出发。

初夏已至，我和平时一样行走在通往图书馆的林阴道上。温热寂静的午后，耳畔的鸟鸣有些慵懒，道边的春天充满了花香，那里的林阴小路，总能通往一个近乎美妙而静谧的地方。而那天，我再次路过那条林阴道，走过三进、四进间的石碑，看到一位老师，已不年轻的她，在那块峥嵘的石碑前驻足沉思。虽说那块刻着"浙江省立第一师范中学"的石碑对于每一个杭高人而言都是再熟悉不过的，但到那时我才发现，原来，我竟未曾端详过这块继承时光的石头啊。

记得刚来杭高，心中常为来到了这里而欣喜，只因在花絮中那啤酒树的悠扬，只因藏在香樟后那山茶花的静香。毫无疑问，一切都是因为美好。

而如今，当我再次端详这块被风雨冲刷着的石头，心中的历史和文化自豪感油然而生。那位驻足于前的老师，她让我明白，一所百年名校真正拥有的魅力是即使历经风雨侵蚀，却不会磨灭半分厚重的文化。杭高校园里处处充满着历史和文化，深厚的文化底蕴沉淀为独特的杭高精神，这里面最重要的便是"求是"。若干年后，我们会走向大千世界开始我们的追寻、聆听和铭刻——而这就叫作"传承"。

"化雨春风，十年树木，学海无涯，百年树人。"杭高一直是这句话的历史践行者。她历史悠久，人才辈出，从她的前身养正书塾时，便注定了她不尽的传承与使命。在这条漫长的路上，我知晓教育家林启先生在创办学校的路上踽踽独行、奋斗不止；我知晓李叔同先生应时任校长的经亨颐先生邀请，来校任教，鞠躬尽瘁，他先后培养了潘天寿先生、丰子恺先生、吴梦非先生等诸多当代史上影响深远的艺术家、社会活动家。

记得哈佛有一句名言是这样说的：学校的荣誉，不在于她的校舍和人数，而在于她一代又一代人的质量。不错，经过长达百年的历史积淀和历代杭高人的不懈努力与顽强奋斗，杭高逐渐形成了一种自己的情怀——创新、求真、务实。所有的杭高人都在践行这种精神。

在杭高，总有这样一代又一代的人，他们精于研究，他们严谨治学，他们辛勤无私，他们和蔼可亲，他们就是我们的老师。是他们引领我们进入了更宏大的知识殿堂，帮助我们完成知识的积累和人格的塑造。还有这样一代又一代的人，他们不沉湎于攀比享乐，他们忠于理想，他们坚定信念，他们刻苦学习，他们懂得感恩，他们就是我们的学长学姐。是他们给我们追求梦想的力量，鼓励我们奋起拼搏，给我们树立强大的榜样。

　　虽然进入杭高不到一年,但是我们对这所名校已爱得深沉。爱她那缤纷多彩的校园文化和丰富多彩的精品社团,成为我们杭高人追逐梦想、分享快乐、锻炼能力的精彩舞台;爱她那藏书20多万册的图书馆,为我们提供无数的知识宝藏;爱她那一两株雅致的樱花,因花邀客,以文会友,增长才识,陶冶情操。

　　作为杭高人,让我们从这里出发,传承杭高的文化,做社会的栋梁之材。我们需要不断地奔波,找回我们足迹下的草香;我们要一点一滴地做起,努力做好本分,爱护学校,同时,努力做好自我,让自己成为学校的荣耀。我们要努力学习知识,积攒力量,绽放青春,燃烧生命!我们要有"远山笑,听钱江潮,江南一叶地,百年任风雨潇潇"的胸怀,要有"登顶山腰,看峰顶云雾缭绕"的目标,作为杭高人,更作为青年里的精英,禀记使命,不断前行。就在5月14日,杭高已迎来了它的118个春夏秋冬,让我们一起努力,激起生命的波澜,做到爱校与荣校!

　　谢谢大家!

物流如云，但永不栖息

对于云栖二字，一百个人有一百种不同的理解。在本次云栖大会上，不同的产品与创新也以不同的姿态纷纷亮相云栖小镇，给出最专业又最贴切生活的诠释，给未来互联网的发展注入新的活力。其中，菜鸟物流给出的答卷令人耳目一新——利用先进的互联网技术，建立开放、透明、共享的数据应用平台，给各类企业提供优质服务。正因为如此，菜鸟物流在本次大会上充分体现了物流智能化。

你能想象，在打开家门，是机器人将您的商品送至您手中吗？你能想象，您可以预约送货时间，再也不用对快递员说："请把包裹放在门旁边。"而他们也不再经历按下门铃无人应答的生活吗？这一切听起来好像很遥远，但在不久的未来，这些统统可以实现。在大会的C1展厅中，菜鸟E.T.物流实验室把一切在这方空间化为可能。

"用户只要通过手机向小G发出服务需求，他会与TMS（运输管理系统）对接规划最优配送路径，将物品送到指定位置，而用户可通过电子扫描签收。"菜鸟物流的工作人员耐心而又十分自豪地向参与本次展会人员介绍小G的功能。正是这个身高1米左右的机器人，在未来将大大优化快递格局，增加快递的时效。让机器人来实现快递链中的最后一环，可以大大降低快递员的工作量，也极大程度地降低快递员找不到买家或送错物件的可能性，提升买家的用户体验。

据悉，小G采用电动驱动方式，单次投递费用与人工相比几乎可以忽略不计，同时保证对环境的零污染。当然，机器人小G也不是人们眼中一项传统而冷冰冰的发明，阿里巴巴的员工向我们表示，"不仅仅是规划路线，小G现在已经能够在拥挤的电梯中懂得先让人们进出了"。在未来，菜鸟物流实验室将会进一步研发能够运送大家电的机器人，努力向大包裹与小包裹不同物流链的方向前进。

小G已经出现了，实现机器人送快递还会远吗？

我想，菜鸟物流对于"云栖"的解释是，物流如云，永不栖息。

轻舟已过

你好,你是否还记得从何时起你踏上征途,披日月而行。

不知道你是否还记得许多年前的你,从呱呱坠地的那一刻起,开始用哭声和安睡回答父母,你不懂怎么喊爸爸妈妈,只会咿咿呀呀吐出不完整的音节,但他们依旧鼓励你开口,只要你说出一个新的字节他们都乐呵着鼓掌,哪怕你仍然不能正确地呼唤出"爸爸""妈妈"。你最初吃米糊时口水流到了刚换的新衣服上,他们哭笑不得,却耐心引导着你多吃一口;你大半夜不肯睡觉,他们给你拿来拨浪鼓直到你沉沉睡去。生活给那时候的你出的题目永远不会太困难,无论你交出的答卷怎么差劲,爸妈总是不厌其烦、喜笑颜开。

那年,主角的你来到奶奶家的小院子,院子里一整架丝瓜藤青翠,盛放的丝瓜花金黄得如同披上了阳光。你却在童年里好奇着——摘下了一整藤的丝瓜花儿。爷爷气得差点拎起笤帚,奶奶一脸慈爱地给全家下了一锅喷香的丝瓜花面,告诉你只有留着花才能吃到瓜。你毛手毛脚打破过碗,奶奶只是拉着你一起念"岁岁平安"然后一起收拾;你被邻居家的狗吓得不敢出门,她就牵着你的手告诉你动物也是好朋友……那时候生活抛出的题目就像水煮沸前的气泡,连续但又不那么剧烈,她还可以为你简化着生活给你出的每一道难题,把你掀起的每一阵风浪变得柔和。对了,你要谢谢这个穿越了岁月来宠你的她。

　　后来,冲天小辫子变成了马尾,你也不再在生活中任性调皮。自从外婆给你买了一本《诗三百》,你开始学习唐诗——看到夜晚银亮如水的月光洒进窗户,你想起之前在外婆轻摇的蒲扇边曾喃喃念过"天阶夜色凉如水",想出门看看天上是否有织女星;外公听到你读着"但使龙城飞将在",慷慨激昂地跟你讲古时候的沙场和士兵;你自己后来翻到"明朝深巷卖杏花",会思索着这到底是怎样一番滋味……你不敢蒙混过关,认认真真地回答外婆考你的上半句,外婆就在封皮上打一个小小的钩,哪怕后来你慢慢长大,哪怕她握着你的手一笔一画地领着你描完一本红字,哪怕她带着你做算术题给你计时教你批改,那页打满了小钩的封皮仍是她最最自豪的作品。生活这壶水逐渐沸腾,噗噗噗地向你丢出一串需要你自己思索的问题,年少时期的疑问,和当初一碗面就能解决的问题,就像是浓茶和清水——截然不同。

　　一路你踏日月而行,一路你在生活中拾级而上,当你把一整个下午的时间用来埋头于题目,在那一片明晃晃的鲜红中你会慢慢学会了纠正错误是一种严谨的态度;当你在山坡上呼吸清爽的风时,实践在心底蔓延出一片对自然的无限憧憬;当你闲来无事走进图书馆静静地读书时,字里行间映射出的是你面对未来的宠辱不惊、镇定自若……生活是一张答不完的试卷，但只要一步一步写过程，这份踏实倒也让人觉得心安，就像一直有一个坚实的后盾、一套牢固的铠甲。

生活如题，俨然一场洗礼，每一次破茧而出都记忆犹新，每一道新的题目你都要一一面对，继而一一作答。数次回头望向教室后面那醒目的横幅，数次把它写成纸条捏在手心，数次在暖黄的灯光下杠出课本字句……你也许会心疼当时的自己，但生活给出的每一道挑战，是其他人费尽力气也不能帮你写上一撇一捺的，自己每写完一步过程，就是一次拾级而上，无论是轻轻松松还是举步维艰，对自己而言这都是最好的答卷。积跬步以至千里，某天你偶然望见过去的回答、响亮的呼喊，发现你喜悦于当初的工整规矩，也欣慰于曾经的圈点纠正，那时候你会不会从坐在路边鼓掌的人变成接受路边掌声的人呢？

我又无意间翻到你当年的自我介绍。照片里的你露出小虎牙在甜甜地笑，阳光洒在校服上是多么美好。而你的未来呢？你以后会不会读到顾城写的那句诗——"我有无数金色的梦想"？生活如题，留给你的空白还有很多很多，希望你金色的梦想不会遗失在你涂鸦空白的路上。

修国学　铸国魂

中华上下五千年的宏伟历史一直是国人引以为傲的资本，我想，也正是因为有了一段足够长的历史，才能沉淀出像"六艺五术"、诸子百家之说这样的文明精华，而这，也就是我们通常意义上所理解的国学。如果用一个词来形容，博大精深最为恰当。

说来幸运，记得还是三岁时，外婆就拿着一本彩绘本的唐诗三百首，每天一句一句耐心地教我诵读。虽然那时我还很小，甚至连字都不认识，但是听着听着，我渐渐地也能吟诵起来。久而久之，我也能背下好几首了呢！每当有亲戚朋友来，作为才艺秀连连被大人夸，心里别提有多高兴了。

俗话说得好："熟读唐诗三百首，不会作诗也会吟。"等稍大一点了，开始诵读《弟子规》《三字经》《千字文》，它们引领我初步接触传统文化的脉搏。而《大学》则告诉我怎样养成修身、齐家、治国、平天下的高尚情怀，《中庸》告诉了我什么是不偏不倚的为人处世之道。在经典文化的圣殿里，我渐渐结识了慈祥的孔子、雄辩的孟子、智慧的老子、幽默的庄子，他们微笑着一路走来，和我一起认识自然，探讨人生。我有幸目睹了一幅幅历史兴衰的画卷，惊叹帝王将相的功业，仰慕古圣仙贤的风采。尚友先贤，耳濡目染。

随着社会的发展，市场经济文化逐渐领衔世界，传统文化退居二线，时下流行的快餐文化就是最典型的例子。当人们快步向前追寻的同时，老祖宗用生命践行出来的那些精神财富渐渐消失。

于是，最近这些年包括央视等不少领域出现了"国学热"。也许有些人仍然不明白，那些"过时的"东西对于这个文明高度发达的现代社会到底有何意义。我想说，不管社会如何发展，人性骨子里的某些东西是必须长存的，一旦真的缺失，那将会是不可弥补的损失。

就拿章太炎先生的一句话来说吧。"夫国学者，国家所以成立之源泉也。"中国之所以能成立，她背后的精神性的东西就是国学。如果没有国学，这个国家就不能自立。"吾未闻国学不兴而国能自立者也"就是这个意思。在《左传》里也有一句话体现了这种思想，叫"国于天下，有与立焉"。一个国家在天下，一定要有足以立国兴邦的基础。这个基础是在长期的历史发展中所形成的共同的民族文化心理和它的凝聚力。所以有的学者又把国学叫作国魂。一个民族如果失去了这种文化认同、这种凝聚力、这种自尊心，那会是国将不国。

再说一则《论语》中的故事：仪封人请见，曰：君子之至于斯也，吾未尝不得见也。从者见之。出曰：二三子何患于丧乎？天下之无道也久矣，天将以夫子为木铎。从这则小故事中可以看出，仪人奉劝孔子的弟子，不必为丢失官职而忧虑，唯有你们夫子的仁义主张才能安抚乱世，还天下百姓一世安稳。

孔子这几个学生就像如今满腔热血的我们，作为一个社会人，我们关注的不应该只是个人利益的得失，更应胸怀天下，勇于承担社会责任，用正确的方式共同去创造太平盛世，也就相当于我们今天所说的和谐社会。一则小小的论语故事便能给世人以重大警示。因此，我认为，学习国学能丰富我们的精神世界，使我们骨子里的那份美德得以永存。

目前，一些落后文化、腐朽文化向我们袭来，稍不留神就会迷失。市场竞争日益激烈，社会生存压力日益剧增，也许我们真的会不堪重负，物欲横流的社会里，我们更应该学会用精神文明充实自我，建筑抵御的城墙。作为一名高中生，学习国学于我而言，显得更为重要，我们肩负着传承与弘扬中华文明精华的历史使命。

让我们一起在读经典、品艺术、观生活中感受国学的魅力，只有当我们真正潜心去感悟、体会她的精髓，才会有更大的收获。

槐香

淮开着轿车驶在一望无际的高速公路上,这是他难得的假期。公路两边的矮松在淮的眼前如扇面般的展开,形形色色的砖房和青色的田野在明媚的晨曦中裹着淡淡的金光迎面而来。淮哼着小曲儿,偶尔瞥见一村舍上的墙被绘满了各式广告,如此花花绿绿令他忍俊不禁。可就在那一霎,淮脑海中又浮现出另一面也曾令他欢愉的墙……

在高速公路上的下个岔口,他猛地打了个急转弯,向一个方向踩足油门飞驰而去。

具体的原因似乎没有谁还记得了。但那时村里确确实实大张旗鼓地修了一面新墙。新墙建成之日,村里还难得地放了一串平时只有过年才舍得点的鞭炮,鞭炮大红色的碎屑满地,倒衬得新墙愈发地白。也是那年,村长到村民,无一不视新墙为重点保护对象,恨不得每时每刻守着白墙,绝对不容许任何脏手印、脏脚印在那墙上留下丁点痕迹。

淮儿时吃到的第一块槐花糖,正是村长给他的作为巡逻一整天的奖励,那槐花沁人心脾的香,淮自己都不曾料到多年来不曾淡半分。

也不知道是哪一天墙上忽然被绘上了标语,"争当五好家庭""勤俭节约是美德"等大大的红字霸气地在墙上占去了大半,据说是县政府的要求。淮倒是无所谓,但他却因搬来了新邻居——还是院子里也种着一棵槐树的邻居,而十分喜悦、好奇。邻居家有个年龄与他相仿的女孩唤作香香,也许是因为那时槐花开得正盛,他总觉香香的身上好像真的永远带着槐花般香甜而又温柔的气息。

淮和香香一起上的一年级,每每老师教完当天学的新字,淮总是喜欢带着香香来到墙边上,找找有没有他们认识的字。半个多学期过去了,他们还是只能读出"家""好"。

等到他们会读墙上的大字时,那些当初写的标语早已经褪去了鲜艳的颜色,又不知是哪儿飘来的种子,墙上开始爬满矮矮的牵牛花。墙有些微微泛黄,淮有些担心墙会开裂,然而当初那些视之为保护对象的村民,却好像忘记了这面墙似的。他们也许只记得当矮牵牛一点一点爬满墙时那碧绿得仿佛会流淌的叶子,他们也许只记得当午后的微风拂过时那一墙如水波般荡漾开去的涟漪,又或是比钟还准时地盛开的牵牛花……

香香教淮如何挑带蜜的矮牵牛并且从管状的合瓣中吸到甜甜的花蜜,而淮则用牵牛的叶子和花藤给香香编好看的花冠,这对青梅竹马在墙下唱歌踢毽子,也在墙阴下趴着写过功课。微风吹来时,他们仍是能闻到槐花香,可能是村口飘来的,又也许是香香家飘来的——他们谁也不知道,只是咯咯地笑。

五年级有开美术课，所以淮和香香约好这个夏天来墙下写生。

好像那一年梅雨季节格外地长，至少在淮的记忆里是这样，雨淅淅沥沥地一直下着，好似没有几个天晴的日子，整个小村都浸在这一片如薄雾般朦朦胧胧的天青色中，浸在触手可及的湿润的水汽中，一村的氤氲。而那墙则因连日的潮湿，像起了水泡般有些肿胀，墙皮也不那么贴合，开始鼓起。整个梅雨季，香香都躲在家里，每次见到淮，都想说些什么，最终还是缄口不言，任凭淮带她去这个村子的任何一个角落玩耍。

梅雨季终于到头时，淮也终于知道了香香家要搬走的消息。香香没有和他当面道别，只是给了他一个自己用槐花干晒成的香袋。

淮紧紧攥着母亲转交给自己的香袋，冲出门去，奔向村口，大声呼喊着——可哪还有香香的影子呢？也许只剩村口的槐树了吧。淮仍是不死心，又跑到那面墙底下去。

经过了一个梅雨季节，墙上已出现了细细小小的缝隙，一道一道好像伤痕般裂在他的心上，最好的朋友不在了，难道连墙也开始用自己的方式在伤心吗？香香还会回到墙边来吗？

他每天都来到墙边，可墙的缝隙却是一天比一天更大，像枯瘦干燥的老人的皮肤，不断泛起枯黄的死皮，甚至像张网一样密密地铺开去，不留余地。墙上早就已经看不见什么红字，连茂密的牵牛丛都有些稀疏起来，大块大块脱下的墙皮背后逐渐明朗起来的，是糊着水泥的朱红色的砖块，在一墙陈旧的黄色中显得格外显眼。秋天的风从来甚少温和，疾驰着呼啸而过，卷起藤蔓上的枯树叶，也卷挟着脆弱的墙皮，向远方、向凛冬进发。

淮那天闻到了槐花的香，那槐香也许是他的错觉，又或许不是。他爬上了村头的小山冈，这次他倒想嗅嗅，那槐香终究是村口飘来的，还是香香家飘来的呢？

夕阳斜斜地铺在山坡上，也斜斜地贴在他的脸颊上，风朝着淮的脸吹来，可他却丝毫也不介意，因为他正思考得出神。墙上的缝隙会不会更大呢？如果会的话，那以后会不会只剩朱红的砖而再没有人去涂新的墙壁呢？

无数的问号在淮的脑海里一串又一串地出现，蹦个没完没了。

以后又是多久呢？我又要去哪里呢？我会不会遇见新的白墙？香香呢？

这些问题让这个少年有些头疼，因为他也不知道答案是什么。暮色开始从四周向他拢来，仿佛要笼住这个少年的思绪。而他此时却忽然想到了一个很好的说服自己的理由——先好好念书，争取考到县里的中学去，说不定那时候就有答案了呢？

他满意地对自己点点头，拍了拍裤子上的尘土，然后飞快地跑下山坡去。

不知是谁从墙底下用什么方法抽走了四五块砖头，村墙的底部一角居然出现了一个洞，洞边不知什么时候长出一丛狗尾巴草，在晚风中轻轻地摇曳着。他拔下一株，往脸上挠了挠,却觉得很是舒服……

夕阳已染红了大半边的天空。

淮到达他的故乡时,那半边天仍是被夕阳染得无比红艳,仿佛这些年来都未曾被洗涤、未曾被风吹,红得鲜亮得如同穿越时光而来。

淮迫不及待地询问路过的村民们,那墙如今怎样,又在何处。

村民们大多摇摇头,只有一位老妪引着淮,走过一片长满狗尾草的田野,指着地上几块破碎的砖,"那墙啊,风吹雨打的,早没了。"

夕阳下晚风吹摇着狗尾巴草,偶尔送来几阵淡淡的槐香。

那槐香,淮仍不知是来自村口,抑或是来自香香家,但那是他对这方土地的唯一怀想。

何妨吟啸且徐行

"莫听穿林打叶声,何妨吟啸且徐行",这是北宋诗人苏轼在《定风波》中记录下的淡定与从容,而这样的淡定与从容,正与清华校歌中那句"立德立言,无问西东"不谋而合。何妨啸者正乃立德立言者,而徐徐行者也正乃无问西东者,两者相辅相成,而又相得益彰,欲成为无问西东者,必先做到何妨吟啸且徐行。

何妨吟啸且徐行,是一种从容。纵使雨声穿林打叶,发出沙沙的声响,我们也无须心焦气躁。同样,面对生活中的种种猝不及防或是不如人意之事,我们更应何妨吟啸,无视前方未知的黑暗和路边丛生的荆棘,不为小的烦恼而乱了心神。正是有这种何妨吟啸且徐行的从容,才能如《菜根谭记》中所言,看庭前花开花落,望天边云卷云舒。

何妨吟啸且徐行,是一种态度。面对雨声淅沥,苏老先生所选择的是一蓑烟雨任平生的态度。这种态度,让我们在失意时迅速地调整自己,也让我们在春风得意马蹄疾时学会以客观理性的态度来看待一切。何妨吟啸且徐行,行时无问西东，途中不以物喜更不以己悲，有如此态度者必然为高境界者，恰似王国维在《人间词话》中所言及的第三种境界——蓦然回首，那人却在灯火阑珊处。有何妨吟啸且徐行之态度，方才有柳宗元笔下的"独钓寒江雪"之豁达。

何妨吟啸且徐行，更是一种自信，面对眼前，苏老先生大胆呼出"竹杖芒鞋轻胜马，谁怕"？这便是其自信，是其过人之处。"何妨""谁怕"，区区四字便将内心的强大展现得淋漓尽致，因为立德立言，所以敢无问西东。"然而不王者，未之有也"，是一种无问西东的自信；"失之东隅，收之桑榆"，也是无问艰难的自信；"大丈夫宁为玉碎不为瓦全"，更是无问死生但求气节的自信……试问若非立德立言，又何来无问西东？想要无问西东，不妨先尝试向何妨吟啸且徐行的境界迈步。

何妨吟啸且徐行者，无问西东。

无问西东者，归去，也无风雨也无晴。

只愿立德立言，无问西东。

只愿何妨吟啸，我且徐行。

接力阅读之火炬

记得巴尔扎克曾经说过:"我可以粉碎一切障碍。"而我却要说:"阅读可以粉碎一切障碍。"阅读就好像是知识的火炬,明亮了人们的心扉,开拓了人们的视野。正如诗人杜甫所说,"读书破万卷,下笔如有神",广泛且大量的阅读才能让人腹有诗书气自华,也正是因此,阅读之火炬应当被接力,应当被传递,这样城市的每个角落才会光明,才不会黑暗。

而书籍,正是阅读这种优秀文化的重要载体。古往今来,多少名家大作不是被书籍记录下而流传于世?又有多少人可以不阅读任何书籍却大言不惭地认为自己学富五车?书籍所传承的,不仅是古人的知识结晶,更是思想的一种高度升华与凝练。书籍正是因此,才所以被人们看重青睐,阅读正是因为有了书籍,而得以延续至今。

阅读是一种文化,它需要被传播,它可以涤荡人的思想。为什么秦始皇焚书坑儒只为控制人民的思想?因为他深深知道阅读传播的力量,如若人人皆通读书经皆捧手阅读,于他的统治便尤其不利。阅读可以被传播于此可见一斑。而在当下,阅读需要被传播，因为阅读所给予人的文化应当被传播，只有阅读的人多了，社会的文化底蕴才能渐渐彰显，由此可见，在社会上投放公共书册是增强民众阅读意识、传播社会文化的很好的尝试。

走过地铁站，放眼望去，低头摆弄着自己手机的人俯拾皆是。在当今，人们更倾向于玩手机游戏，却忽视了碎片阅读的现象令人扼腕痛惜。我们的新闻媒体曾报道过某国家地铁车厢内小孩、老人均捧书阅读的场景，国人评论中饱含羡慕与感慨。既已有人意识到，那何不从自己做起呢？快餐文化通过手机被人们享用，而如果抽出这些时间去阅读一些经典书籍，我想某天一车厢充满着书香的日子也将指日可待。投放书籍于车厢，就如同为柴火添一把木，如同为阅读之火炬而接力，如同为文化的传播与绽放增添色彩，如同为城市文化添砖加瓦。

记得有位诗人曾经写道："陷在阳光里的花朵，没有枯萎的理由。"而此时此刻我却想道："浸润在阅读与书香的环境中，没有不去接力阅读之火炬的理由。"

美是一口希望井

几米曾经说过这样一段话：掉落井中，我大声呼喊，等待救援。天黑了，黯然低头，却发现水面满是星光。我总能在最深的绝望里，找到最美的惊喜。可以想象，那位掉落井中的人最终能平安地回到地面，因为他已经被这口希望井深深地鼓舞着。而终究是什么让这口井变成希望井的？是美的力量。

美的力量，能使物赏心悦目，能使人们愉悦轻松。当满天的星光洒在水面上，水中映出一片闪烁的星空，便已使井口赏心悦目。而黯然神伤时偶然瞥见之，无异于吃了一口使人快乐的蜜糖，心情不再低沉，像有一缕阳光照进心间。也难怪即使在古代，欧阳修心情郁结时便游赏各处山水，心情愉悦时写下《醉翁亭记》；陶渊明闷闷不乐时选择采菊东篱，欣赏自然美景；柳宗元不得志时亦投身天地间，留下《永州八记》……他们都在寻找美的力量。美的力量，给人幸福与寄托。

然而美的力量又不仅仅表现于物质上，真正的美的力量更是一种精神的升华,是力量的不竭之源,是信念的永流之泉。

美的力量,可以让我们拥有更强大的力量。多年前最美妈妈吴菊萍不顾一切伸手一接;最美司机吴斌不顾个人生命忍痛一刹;最美教师李强坚守在教学一线……这些人都是平凡的,他们不富裕更不名声显赫,但他们又都是最有力量的,他们心灵美如花朵,正是他们心中美的力量,才使得他们又那么不平凡,那么熠熠光辉……是真正的美的力量!

同样,最终获救的那个人一定有美的力量,他内心中的坚强,使他不会哭泣;他内心中的坚定,使他没有放弃;他内心中的智慧,使他不断地想方法获救……谁又能说这不是一种美的力量呢?

我想起巴尔扎克说过的一句话:"我能粉碎一切障碍。"

而我在这里要说——美,能粉碎一切障碍。

美是一口希望井,井中的人最终因为美的力量而获救,美的力量,于他,是信念与希望。

美是一口希望井。井中有美,有美的力量。

花开当如莲

我们总是喜欢听一树花开。奶奶说,梨花开清甜雪白,一如素锦;妈妈说,牡丹开艳丽动人,一如红装;可我却最喜欢听莲开的声音,最是来之不易,却最撩我心弦。

我早就和窗外的星星月亮成了挚友。我看着它们静静地挂在天空,发出银白色的光;它们也看着我,望着我趴在书桌前奋笔疾书。我对于眼前作业本上的钩和分数还是比较欣慰,仿佛桌上的碗莲种子也和我一样欣喜,我看着碗中那一粒粒种子,想着它们会如何抽芽成长……

想到这儿,便又往碗中加了一些营养液,那种子如夜明珠般吸引着我。

每天我都有少少的课业练心,常常在黑夜中点一盏台灯,伏案画着辅助线,写着化学式。

日历一页页撕去,而我的碗莲却始终没什么动静,只是抽出了不大起眼的根,长得最好地也只冒出了纤细的茎,似弱不经风的女子。

多想见到花开。

莲开，一定很美。

可那时家中忽地有些变故，种种琐碎的小事让我分心，不再认真写出每一条结论，也不再细细读题。

事实是我只好趴在桌上痛哭，不敢再看一眼那触目惊心的数字，那好像如利剑，将我刺得遍体鳞伤。

我偶然瞥见碗莲。任凭窗外大雨倾盆，哪怕窗边的我哭红了眼，它也只是默默地，从来不把情绪表露出来。它那样安静，安静到我觉得自己的脆弱，那么渺小，那么荒谬。

我提起黑笔，把作业本上本不耐烦去思考的问题重拾，一字一字地读着每个问题的题干。碗莲还是沉默不语，好像在等待着什么。

夜深，星星和月亮已有了睡意，而我还在桌边订正那被红圈侵略的题目。忽然间我猛地抬头，我看见碗莲正慢慢地张开，一片片紫红色的叶片倾听着它所经历的点滴，那是花开的声音。它原来的不起眼，竟在此刻都化为辉煌与美丽！

听着碗莲花开的声音，我好像找到了方向，我闭上眼，听它告诉我它一路走来的艰难，静静地，静静地……

也许成功的路上太喧闹，但我只听莲开的声音，那是如储蓄了一个冬天的草芽破土的声音，那是如凝集成云的雨暴发的声音，只有沉淀，才能听到莲开的声音。花，当如莲开。

有味是清欢

都说人间有五味,乃酸甜苦辣咸,我偏偏要道还有另一味。此味乃似小雨初霁时青青草地的清香,又似是庙宇中除去烟火气后的迷香,也似是明前龙井刚炒制出时的第一缕香……此味,清欢是也。

外公年逾花甲,对茶的喜爱一分也未曾被时间流淡,他总喜欢在午后悠悠地打开收音机,泡上一杯不需要任何点缀的茶,躺在藤椅上静静的,就像回到过去的时光。我曾十分不解外公泡茶为什么要把第一杯倒掉,再重新斟上开水,让茶叶在其中再次翻滚不停。

我曾认为第一次沏的最香,也便认为什么都要是第一才好,我享受第一个到校的自豪,也总是跃跃欲试更高的平台。直到……

直到我那次竞选的落败。相差的不过一个"正"字上说少不少、说多也不多的五票。那是我第一次感受到第二名的失落与不甘,我一回到家便奔向外公,向他哭诉。

外公静静的,也无甚表情,只是让我取茶叶来泡着喝。

我自然是喝下那第一道沏出的茶，它看起来更绿，比外公那杯更是香醇。

可是我端起杯一饮而尽之后，满嘴的苦涩便不可控制地泛上来，夹杂着我的泪珠，又苦又咸，我想，外公大概是想让我尝尝苦茶，吃些苦头，把这个当成是锻炼吧。

外公看到我皱成一团的脸，又亲自把我杯子里的拿去再次灌满水，底下的茶叶受到水的冲击不断地上浮、下沉，在沸水中翻腾，张开每一片叶。

当水灌得与杯口差不多要齐平时，原先沉在底部的茶叶浮在了水面上，这次茶的颜色更淡些，更透亮，透过杯子我能看到另一边外公慈祥地抖着的胡子。不用说，我也知道味儿会比前一次淡。外公示意我尝尝，我像是打算喝一杯淡绿色的白开水，端着就喝。

出乎意料的是，当我以为自己饮尽了此杯茶时，竟能感觉到嘴角的余香，回味起不带涩的一种醇香，就像是仍在饮，不，仍在品之。

原来这才是外公喝二沏的原因，第一沏太苦太涩，虽然是最绿的光鲜，却仍不如第二沏淡雅的清香令人如此释然。第二杯的茶虽淡，却是茶叶经过无数次翻腾的磨炼才泡出的素然，除却微苦，还有余香，还有清欢。

素中有淡，素中有清欢。清欢，是面对茫茫天幕亦能因一颗微弱的星面上扬的笑意，是即使大雨如注也能捉雨珠打在屋顶上奏鸣的欣慰。是那即使滤去最初那道艳丽亦能品出第二沏甘甜的豁达。

有味是清欢。

善意铸就心灵花园

记得一位叫马尔克斯的作家说过,"善意是心灵的花园"。如果说善意是串钥匙,那么它一定可以打开心灵花园的大门;如果说善意是最苦美的泉水,那它一定能够浇灌出心灵之花;如果说善意是最明媚的那缕阳光,那么在善意的光芒照耀下,心灵的花园熠熠生辉,精彩纷呈。

善意是世间所有美好的纽带与桥梁。什么是善意?善意就是怀着一腔温暖,就是在他人需要时伸出援手,就是在接受善意后报以微笑,并把它继续传递下去。都说"赠人玫瑰,手有余香",这不正是善意吗?善意让世界更加明媚、更加美好。

善意不仅仅是一杯热茶,也不拘泥于雨中的一把伞,善意的形式如花朵般万千而多样。韩愈见李氏子蟠熟读六艺经传,不拘于时,挥笔写下《师说》一文予之,这难道不是善意吗?关羽在华容道又释放了曹操,这难道不是善意吗?李逵在江州劫法场,只为了救自己的兄弟,这难道不是善意吗?善意不只是帮助,不只是给予,有时候善意可以是心底中最正直也是最初的那份情感。

善意就像心灵之花的种子，需要传播和分享。汪曾祺先生在他的书《生活是很美好的》中时常提及他和他的朋友们拜访彼此时往往带着些极其具有地方特色的下酒小菜，而主人也会烹制些时令的拿手地方小菜，譬如汪老先生提到的杨花萝卜，就令人印象深刻。若不是因为善意，这些地方性的佳肴又如何能被南北方人所共同享用呢？只有把善意传播出去，善意才能真正地成为善意。

善意不应当被吝啬，因为善意就像心灵花园的花，可以被欣赏。我曾读过一个故事，一个年轻人种下了绿藤却时常忧虑是不是"便宜"了楼下的邻居，而后来证明这种担心与吝啬毫无必要，因为——邻居种了一树葡萄作为回报。听上去皆大欢喜，这也确实证明了我们不该吝啬善意。季羡林先生曾写下"自己的花儿是给别人看的"，这不也是一种慷慨的善意吗？善意不应当只为谋求回报，善意本身，就决定了它不应被吝啬，而应当被播撒，就像是早春田野里的麦种。

善意铸就了心灵的花园，有了善意，才会百花齐放春满园；有了善意，会姹紫嫣红花开遍；有了善意，才能做到蓦然回首，他人的善意也在灯火阑珊处。

初中阶段——

那时的我是最纯粹的我,忙着天马行空,忙着看世界,忙着长大。

待星云二十载

> 我从遥远的地方来，穿过浩瀚的宇宙。
> 我为何而来？
> 我只是在阳光斑驳间看到了一个我。
> 我为何在星空中穿梭？
> 我只为了找到那个我，用星光送去我对那个我的千言万语……
> ——楔子

亲爱的我：

你好，那个让我插上翅膀披上星光不远万里而来，只为用掌间星云留你一瞬记忆的我。

不知道你是否还记得二十年前的你，那时的你，在宇宙中好比一粒微尘，却向往着能向更远的地方飘去，哪怕是一颗彗星。

那年，你只有十二岁。那个生日，你唯一希望得到的，也是唯一一份伸手向爸爸要的礼物，是一本书。我在穿过蝴蝶星云时，偶尔瞥见了你的书架。我知道那是平行时空下你最心爱的东西。我翻开书页，赫然印着《时间简史》这本书，想必对你意义非凡。

那时，一道光芒迸出，所有的图画都变得鲜活。十二岁的你，喜欢那章时光旅行，对吗？嘘，那可是图中的时光火车告诉我的。我要谢谢你，如果没有你，也就没有了那个二十年后穿云破雾而来的我。你当初可梦见过我？你可梦见过二十年后的世界？

我翻开下一章。那年，你十四岁，你开始接触更多，就像我——二十年后的你那样，会从时间重叠中望见很多。你不再把所有的梦想写在纸上折起来，把它交了浩瀚的星空，因为你想像星空那样，仿佛知道所有的事。可是那年，你错过的挺多。考试的烦恼围绕着你，就像我曾经住过的土星般，有着大大小小的琐事与烦恼。你可千万别不开心，我告诉你，土星非常美丽，在银河城中有着自己的光芒。不相信的话，你可以亲自看看他那耀眼的光环。亲爱的你，抑或是亲爱的未来的我，请铭记于心：所有的困难都是把你打磨得更加闪亮的锋刃。痛苦也许是暂时的，成功的喜悦也是暂时的，可没有经过磨砺的痛苦是永远的。

我把那一句话，洒在了那章的末尾。

我曾攀过几光年高的山，游过几光年长的河，而那，都是凭借信念。我很开心看到你，在十八岁那年的信念。尽管现在的你，还没有走到那站停靠站。

那年的洗礼，即便是现在的我，也记忆犹新。无数次回头望向教室后面那醒目的横幅，无数次把目标写成纸条捏在手心，无数次深夜在灯光下挥洒自己的汗水，写下化学方程式……你忘记了究竟是几年前和同学聚过会，忘记了到底多久没有一个人去公园散步，忘记了曾几何时笑会露出一排大白牙……我有些许心疼未来的自己，当然，我保证你抬头看看星空，会看到二十年后的自己，在默默守护着你。

我在守护你，你在为我努力，这是我们之间心照不宣的承诺。

这时候才仅仅十五六岁的你，也许懂得不会那么多，这个咬牙冲刺高考的你，也许是这封信主人三年后的故事。可那个孩子如今也正在努力寻找更暖的光芒。

我又无意间翻到你的自我介绍。照片里的你，甜甜的笑，阳光洒在校服上是多么美好，这是青涩的你。我也看到了我，梳着干练的马尾在窗前望着星空深思的我。我没有想到从遥远地方来的我，竟与你相似。我那么阳光，你也那样的阳光，那样的明媚。抑或许，我们都有一颗阳光般的心。其实，那也是我对你的小小要求。我不惧黑洞，因为我有比黑洞更明媚的心。来到这里写给从前的你、写给未来的自己，也是为了光芒。都张开双臂，细嗅光芒的味道吧，我从远方来，为见一个明媚的你。

你说过，世界很小，世界很大。世界上我们作为少年是那样伟大，却又那么渺小。世界转得是那样地飞速，同时又那样地有条不紊。我是未来，也是现在的你，请务必履行，务必帮我做这件事：

我在你身上，也可以从你——那个眼眸清澈的孩子的视觉世界中看到天空。我的老师太阳光先生曾告诉我，如果他的朋友地球将被灰色的阴霾笼罩，星空就不会再像以前那样明亮，请试试是否可以让地球朋友的眼睛不再蒙灰，不再整日咳嗽如风烛残年的老人？我穿越时空而来，平行时空下的地球蓝得纯净，白得透亮，这应是无数人梦寐以求的摇篮吧？请让我，也让你自己，重新见到那年那个明朗如一的地球，去吧，去履行一个梦，去完成一场惊天动地的描绘，把地球绘得生动美丽。

等到那时，我会再来看你，你应带我去领略冰川白雪皑皑之壮阔，领我去体会森林山川的绿野生机之律动，邀我去感受海洋江河的浪涛澎湃之博大……这一切，在你遇见我，走向光明的未来之时，在走向时空重影之时，均会为你敞开大门，映在疏条交映的星光月影间。那时，我再来陪伴你去山间，陪你掬一捧清泉在手间，用以照出整片星空。

读至此处，我想你也许有所思忖，没错，那本书正是属于我们的《时间简史》，它从更遥远、更神秘的地方来，记载着自你出生以来的点点滴滴，包括宇宙的斗转星移。我们都被星光封印着，载入自己的史册，载入我们的足迹，载入时光后更新自己的脑海。

那便足矣，不是吗？

此刻执笔的你一定想问：

我是执笔的自己的二十年后，我为什么要穿过茫茫星海，在无数的星系中寻寻觅觅，走过数以光年记的宇宙路，借二十年前的我之手,写出给二十年后的自己的信?

不为什么,只为初心。

只为见到在银河那头的自己,看自己一点点地蜕变,从微不足道到发出点点微弱光芒,从拥有点点光芒到开始冉冉升起,闪耀出自己的光芒。即使我是一颗星,我也要让自己明白我可以照亮自己的一方天空。

我是未知的自己,执笔人以后的点点滴滴都会衍生出未来的我的无数可能,但我们始终同心同体,在星光下约定彼此做最亮的自己。

我从遥远的星系来,只为你。

我从遥远的星系来,为你执笔。

我从遥远的星系来,为你过去的一颦一笑绘在宇宙的纸上。

我从遥远的星系来……

你是否在二十年后一如从前,我不知道。我只希望你不论是牙牙学语的稚嫩的孩子,还是身着校服天真自由的少年,抑或是几年后善于思考人生和未来的新生代,都能发出光芒。

等到那时,我再来笑着祝福你,带你一同走向我们的未来。

我合上了书,合上了《时间简史》,因为还有好大半册,需要借未来的星光书写成册。

现在,我该走了。

我该重新走进那扇未来的门了。

门在宇宙微波中缓缓合闭。

而在门完全关上之前,我正笑着看你,现在的自己。我是否该挥手,因为我们终会重逢。

亲爱的自己,是时候对你说保重了。

亲爱的自己,很高兴在浩瀚星辰中,在茫茫人海中,遇见你,对你说这么多。

亲爱的自己,我就在那二十年后的未来,等着你,与你迈进新的天地。

你亲爱的未来自己

亲近

亲近，是一种魔力，让彼此在清晨的草堂、黄昏的街角，不断地遇见点滴回忆找回遗失的那份美好；

亲近，是一种磨砺，让彼此在自然的怀抱、风雨的问候，慢慢地褪去一身懦弱披上曾经向往的坚韧。

——题记

初雪躲在冬日的太阳怀里，渐渐消融。毕竟是乍暖还寒，天依旧是阴沉沉的时候多。寒风虽不算刺骨，但还是凉得紧。几片挺过了雨雪锤炼的枯叶零零星星地搭在路边的梧桐树上，被寒风吹得无助。此时再没有春天时像个害羞的孩子从枝丫探出头的样子，有着怯怯的、畏生的青涩。大地还在沉睡，本该早春绽放的玉兰树也没有露出自己粉红色的笑靥。一切都是沉睡的，一切又都是陌生的，心里暗暗想道：整个世界都在冬眠吧。大自然在哪里？

世界真的和我们陌生起来了吗？不然。

我本是漫不经心地走在回家的路上，一次考试的失利，让我的心里布满了阴霾，一片灰蒙蒙的。看不清前方的路，也找不到走下去的方向。冬日的寒气还未消散，天空还下着瓢泼大雨，豆大的雨点打在雨伞上，更是一滴滴接连不断地敲打我的心房。嗒嗒嗒……我一直垂着头，看着街边角落里破碎的砖头、零星的碎石，心里不是滋味。

转角处映入眼帘的那一抹新绿。抹绿像是古琴的弦音，拨动了我的心。几株嫩绿嫩绿的小草从墙角边的碎砖缝里探出头来，在狭隘的空间里努力地寻找着生长期冀。

我寻思着小小的野草怎么能和狂风暴雨对抗？这样的小草不过是在以卵击石罢了，哪会有什么胜算？有什么植物愿意在雨中成长？一场雨结束以后，它定是像个垂头丧气的孩子一样，渐渐蔫掉，不再笔直得像之前一样。风定磨去了它的傲然，雨定浇灭了它如星星之火般的梦想，冷必然冻结住了它的热情，令其在春天隐退。我想到这儿，不禁心里为小草的生不逢时感到惋惜，同时又为自己的类似遭遇而感到悲伤。这就算是大雨给小草的亲近吗？

雨越下越大。小草不顾一切地和大雨搏斗着，豆大的雨滴一次次压弯它细得如针般的茎叶，无情地打在它新孕育的芽上。

我不由得停住了脚步。雨滴和小草碰撞着，虽然一朵朵雨花对它来说是沉重的负担。但它毫无畏惧，微微地侧过身子，让这美丽的珍珠悄然落下，滋润根下的泥土。之后直起自己的身板依旧坚韧地钻出缝隙，雨像千军万马般势不可挡，但是小草仍然在被压得喘不过气来时，努力地让自己伫立在风雨之中，不求潇洒地屹立天地，但求在自己的天地默默地坚定自己的信念。

我被眼前这极其微不足道的生命震撼了。平时看去弱不禁风，常被风吹得东倒西歪，用手轻轻便可以将其连根拔起的小生灵竟然能有这么强的毅力！风来摧毁雨来破坏，它竟如此不顾一切地亲近大自然！能有如此坚强的信念，朝着自己的目标勇敢直前。转念一想，小草可以在风雨中像士兵一般挺立，那么人生路上微不足道的一次挫折，人生许多考试中仅仅一场的失利，又算是什么呢？

我心中豁然开朗，宛如淡淡和煦的清风吹散了一阵阵的阴霾；如若丝丝心醉的甘露滋润了干渴的心灵；宛若点点暖阳照亮了前行方向的黑暗迷茫……挫折的磨炼带给万物的是喜悦。请务必坚韧地走下去，生活早就在不远处替你建造了一条星光大道，每个人都会在一次不尽如人意的选择之后摸索到前行的方向。若选择退缩，你将永远驻足于黑暗迷失于丛林；若选择了前行，你将在一次又一次灵魂的升华之中获得成长，蜕变为一个坚韧不拔、不畏艰险的成功者！

雨渐渐停了，早春的第一抹暖阳开始唤醒世间的万物生灵，那晶莹透亮的雨珠也顺着草尖融入泥土。嘀嗒……眼前的碧绿，在阳光的照耀下较之前更为青绿了。大自然，像一条无比绚烂的彩虹，像一支悠扬委婉的乐曲。我望着眼前的一片美好，嘴角又一次挂起一抹微笑……不管生活是酸、是甜、是苦、是咸，静下心来，好好亲近一下美丽的大自然，生活一定会充满了情趣。

感谢青青草，赞美大自然，激励我自己。

候归

听说你要来。
窗外白雪漫天,
屋中人磨墨轻研,
挥毫雅联,笔落金宣。

可你总是没什么方向感,
左左右右,
高高低低,
你带着火般红的窗花不断,
你带着入屠苏的桃符不前。

听说你来了。
屋内锅碗瓢盆,
屋中人相邀亲朋,
笑脸逢迎,相贺年丰。

可你偏偏喜欢躲在灶边，
灶丰年间，
柴米油盐，
你端出木炭香的牛羊上前，
你端出氤氲着的鱼米设宴。

听说你要走。
小院灯轮初挂，
屋中人早起打糕，
元宵入水，如鱼圆滑。

可你却又悄悄溜进市街，
华灯初现，
上元阑珊，
你随着徐徐转的花灯绕远，
你跟着最热闹的舞龙走远。

听说你去了远方，
从此再看不见你的模样。
一天天撕下日历盼望，
却始终不见你的脸庞。

我在都市里寻找你，
我到处碰壁。

我看到窗边耀眼鲜红,
却只是霓虹刺眼光芒。
年,你在哪里?

我在都市里寻找你,
我到处碰壁。
我听到屋外谈笑风生,
细听只有人群熙攘车水马龙。
年,你在哪里?

我在都市里寻找你,
我到处碰壁。
我闻到席上似珍馐之味,
细品却味同嚼蜡不若淡饭。
年,你在哪里?

又一年看着寒来暑往,
又一年数着鸳雁齐飞。
又一年找着你的痕迹,
又一年候着你的归来。

初雪新临,
我想知道是不是你来了。
我伸出手,

像是捧着初生的婴儿，
想捧之在手中，
就像我想拥你入怀不松；
我又怕你转瞬即逝，
像是呵护易凋的玫瑰，
想远远地守着，
就像我害怕惊扰你美丽的灵魂。

是你给我希望，
也是你给我迷茫，
我想我等的是你的驻足，
我想我等的是你的归来，
就像——
多希望门前的雪不化，
多希望元夕的汤圆不开锅，
多希望夜晚的走马灯长明不熄……
那样，至少你不走，
或者，我能等候你归来。

美丽的等待

柳永眼中的美是杨柳岸晓风残月的潇洒不羁,而黛玉眼中的美却是满地落英缤纷的凄婉哀伤之美,好像是天空中难以触及的彩虹。在我看来,美应是像一朵含苞待放的花朵,更多的是一份等待,等待绽放的美。

儿时的我总会被一些兴趣班所牵绊,每个星期六都奔波于来回或打出租车或坐公交车的途上,倍感迷茫。那种期盼着绿色出租车的迷茫,完全不亚于我在等家中水仙盛开的迷茫。

时值寒冬腊月,在下车前我抱着偷懒的心理,用蚊子般细小的声音问了句司机:"师傅,您的的士过会儿还可以在这等我吗?就一个半小时以后……"我实在没什么底气,声音到最后竟小到像是嗡嗡声。司机开始时也许在听,也许不在听,总之,我自觉不好意思,没敢再看。希望就像是断了线的风筝,怕是再也找不回来。下车时,我竟有意无意地记下了车牌。

倒也是奇怪,那天上的一篇阅读恰好是等待,我坐在教室中静候,学习了等待。

到了下课时，寒风更是无情，拎起它的大刷子便往我的脸上刷来，站在风中格外的冷，仿佛一阵风吹来，我就会被冻成冰。我不住地搓手，眼眸中对于那的士再次出现在我面前的希望一点一点地冷却下来，最后竟消失殆尽。

正当我打算改坐公交车时，我望见一辆闪着双闪灯的的士正停在马路对面。是的，正是那位司机，我不禁背上书包飞快地朝马路对面飞奔过去。刹那间，我已钻进的士，不住地向司机表示感谢，内心又有一团熊熊烈火开始燃烧，融化了内心深处的寒冰。回家的路上，我一直想着——你要等。

回到家中，水仙已经展现笑颜，用一阵扑鼻的芳香依旧告诉我——你要等。

等待是一种美，它就像满天繁星，给予你光芒；它就像一叶扁舟，为你拨开迷茫；它就像一团烈火，融化内心的忧伤。我相信，我们应该有理由等待，等待在再漆黑的夜晚，也有一灯如豆，为你照亮。

沁园春·育才

育才风光，钱塘拂晓，拱宸环绕。
步校园蹊径，观鱼泉涌；
香泡树下，清如许冒。
人集操场，国旗飘摇，歌声响彻震云霄。
待春假，仍红杏满校，春意闹。

同窗桃园结义，以青梅煮酒论分高。
论唐诗三百，陆舌三寸；
函数英语，二李功高。
物理化学，卢吴肩挑，思路解析随口道。
数风流，待初三三班，会师重高。

她在远方

"外婆,远方有什么?""傻孩子,那就是你的家呀。"

——题记

日光倾城而下,时光摆上的印记在身后层层腐朽。花开花落,云卷云舒,日月星辰不止更替多少个轮回。顺着时光印迹悠游、回首,我在探寻一个名唤"远方"的词。早在汉代,远方的含义便有着"客从远方来,遗我一端绮"那样的款款深情;民国时期,远方便是张爱玲驾长驱驶往的山长水阔之地,那里有她梨花似雪的心;而今,"远方"对我而言有着难以言喻的重要意义,我相信那水寒江静,月明星疏的小村,便是我的远方。

小时候总是喜欢村口的那棵大榕树,甚至有些依赖。这其中的原因好比如夏夜天空中的星星那样,数都数不过来,可我却津津乐道。无论是傍晚,邻里在榕树下搭一张大桌,共把酒话家长里短;或是盛夏和隔壁的孩子靠在树底下,跟着影子的舞步打转觅得一丝凉意;抑或晚上一个人往榕树指向的北方望去,在天空神秘的幕布上饶有兴致地用手指描绘着北斗的形状……仿佛我的生活离不开它了。

打小时候起,我就喜欢在外婆的臂弯下,听她讲那村口榕树的故事。那时的我,每天都自觉地从老屋里费劲地拖出一张小藤椅,端到外婆面前,一脸严肃地对外婆说:"外婆外婆,我要听关于榕树爷爷的传说!"外婆扑哧一声笑了。她笑呵呵地看着我,放下了手中不停跳跃着的毛线,利索地拎起小藤椅带我去村口的榕树下。

午后的天气正好,春风吹在脸上暖洋洋的,"吹皱一池春水"也不过是如此吧。阳光对村庄情有独钟,点点阳光轻抚榕树的枝丫,柔柔地穿过茂密树叶间的罅隙,洒下一层层金箔。小村庄里没有西湖那样"淡妆浓抹总相宜"的朦胧之美,更没有洞庭湖般"吸回日月过千顷,铺尽星河剩一重"的浩然,只有村里那口小池塘波光粼粼,把阳光最美的笑颜都映在树上,映得亮堂堂的。

外婆让我靠在她怀里,她摇着一把蒲葵扇,为我扇下无数细细的呢喃、无数美丽的传说。我有时候会指着村口那榕树:"外婆,榕树外面的世界是什么?"外婆的眼睛笑得眯成一条缝:"晶晶,榕树外就是远方呀!""远方是什么?""远方有山,山的远方有海……"她不知什么时候放下了蒲葵扇,开始给我扎两支小辫子。弯弯的柳叶眉,炯炯有神的大眼,娴熟的手法……外婆对我很好,那是我对外婆最初的记忆。

无数次早晨太阳和榕树的问早,无数次黄昏太阳和榕树的告别。我已到背起书包上学堂的年纪,妈妈给我买了一个书包,煞是好看，全家人都乐呵呵地跟我谈着上学的日子。唯有外婆在这时候却静静地坐在自己的藤椅上，眼里竟划过一丝失落。我想起来了，我上学的第一天，我和外婆手牵手走到学校。分别时，外婆对我说："晶晶，放学了就到村口的大榕树那里啊，外婆来接你。"我迈进教学楼前，回头看到外婆远去的背影。那是我第一次看到岁月在她身上留下的痕迹，她的步伐好像没有以前那么稳健……当我拉回思绪，外婆正一针一线地为我的书包加固。"外婆，'临行密密缝'，谁要去远方呀？"我跑过去。"你大了，外婆跟你说，如果你在远方，那么远方的远方，就是你的家乡。家乡有榕树，有这个小村，有你这孩子心心念念的好吃的藕糕……"外婆第一次如此语重心长。她蹙眉，仿佛把什么东西落在了远方。

后来，我们一家都离开了那个村口有大榕树的村庄，外婆却借着不习惯的理由，像个孩子般倔强地留在小村。可不知道是因为什么，仿佛有无数大榕树的枝条扎根进我心里的泥土，现在已经开始生根、发芽。我常常会坐在玻璃落地窗前，望着来来往往川流不息的车辆，思考什么是远方。外婆现在在远方吧，我是否还记得远方，记得儿时外婆给我指的方向，记得远方的村口大榕树下，记得我在外婆的呵护下步履蹒跚。我打算回小村看望外婆。

什么是"儿童相见不相识，笑问客从何处来"，只有当自己经历过才会明白。村口的榕树还是风华正茂，可树底下嬉戏打闹的孩子却分外面生。那一瞬间，我竟然有自己仿佛是一位来这儿旅游的陌生人的错觉。是啊，原来我们离远方，离家乡，竟已这么远了。外婆也不再利索地操办一切，只是笑眯眯地看着我们，一如从前。银丝爬满了她的双鬓，笑起来眼角也尽是时光的船剪开岁月湖面的痕迹。她招呼我到榕树底下，用手慈爱地摸着我的头，仿佛我还是那个任性的缠着外婆讲故事的小孩。外婆看着远方的山，微风撩动她根根银丝，在阳光下闪闪发亮。

"晶晶，你还记得你问我'远方'是什么吗？"

"当然咯！"

"傻孩子，外婆告诉你，那就是你的家呀！"

那一刻，微风不燥，阳光正好，一如当年。

信仰铺就心灵路

——《列夫·托尔斯泰传》读后感

每个人的心灵深处都有着只有他自己才能理解的东西，这个自己理解的东西，名唤"信仰"。我仍记得有人对我说过"一个没有信仰的人是一个不完整的人"，现在想来，觉得信仰对鱼儿而言就是远方的波浪，对雄鹰而言就是越过千山后的天空，对我而言就是努力攀爬上最接近天空的地方伸手摘下梦想的星。

第一次接触列夫·托尔斯泰，是在小学。一份国外名著书单，上面赫然写着《安娜·卡列尼娜》《战争与和平》的作者便是列夫·托尔斯泰，对文学颇有研究的语文老师挥起粉笔，就像是挥毫泼墨的大文豪，在黑板上写字，对我而言仿佛要书尽他的一生。我陷入沉思，思考着究竟是怎样的大文豪竟让老师、同学全神贯注地体味着他酸甜苦辣的人生……从此，列夫·托尔斯泰在我心中种下一粒好奇的种子。

翻开《列夫·托尔斯泰传》，我起初得到的答案是罗曼·罗兰对列夫·托尔斯泰的评价：百年前大地上发着光焰的俄罗斯伟大的心魂，终了时阴霾重重的黄昏，他是一颗抚慰人间的巨星,他的目光足以吸引并抚慰我们青年的心魂。可是是什么让他如此闪亮?

读完全书,我斟酌着应该是他的信仰令他闪耀在这个作家就如漫天星星般多的时代,立足于时光匆匆掩映世代光芒的文坛,成为俄罗斯文学之父。

托翁的信仰是"人生不必发亮"。发亮,于他而言,是他自己所处的社会地位,一个拥有五千七百亩地的世袭贵族。原本作为一个贵族,他完全可以享乐在自己的庄园,坐享农奴呈上的肥硕瓜果,成为人人都羡慕的贵族。可是他没有,他率先解放了所有的农奴,亲自耕地,粗茶淡饭度日。印象最深的是他亲自为农奴的孩子写教材,让他们得到应有的教育。

是信仰成就鱼儿完成鲤鱼跃龙门的梦想;是信仰让雄鹰在蓝天展翅翱翔;也是信仰,让列夫·托尔斯泰作为贵族出身却为农民子弟兴办学校,在自己的领地上改革农奴制度。

理想是指路明灯。没有理想,就没有坚定的方向;没有方向,就没有生活。

至此,我又一次想起列夫·托尔斯泰说过的那句话:"最伟大的真理是最平凡的真理。"以此结尾,倒也不负那曾铭刻于心头真理般的信念——信仰铺就心灵路。

此路无尽头
——《海底两万里》读后感

世上之路，星罗棋布。走在再长的海岸线也会迎来尽头，行在再远的公路也会看到尚未修筑的那段，奔在再一马平川的草原也会看到边缘靠近……以前的我看这些，只是满脑子的遗憾：为什么路总有尽头？幻想着找到一条没有尽头的路，却始终找不到那一把打开通天之门的钥匙。

直到读完《海底两万里》，我才算是明白，既然要找无尽头之路，那么又何必在意这条路究竟是什么，你只消顺着走下去，就会发现科学的想象才是一条没有尽头的路。何出此言，大可细品海底下奇妙纷呈的世界与一次次惊险奇遇。

想象，我给出的定义是人凭着大脑自我幻想一段目前尚不能成为现实的经历，也就是说，想象就是天马行空，就像坐着星星织的小船在银河里划啊划，永远不会划到尽头。想象可以是美妙的，就算是那么善于运用通感的朱自清先生怕是也不能够完全描述其特别之处。想象无国界也无边缘，即使你身处绝境，你也可以想象自己的前方就是一片挂着彩虹的碧天。那么科学的想象简言之就是人类自古以来渴望上天入地、自由翱翔的梦想。

若这本书是一台相机,那么摩尼船长就是一个特写的镜头。他像一段谜,却是最善良的一段谜,他可以为国做出巨大贡献,为身边的人的处境给予支持,对身边需要帮助的人施以援手,这点倒是和范仲淹"先天下之忧而忧"有点相似了。当然,既然是科幻小说,肯定是离不开科学的,《海底两万里》里的科学知识更像是藏在海底下的珍珠,需要我们细细去寻觅去发现。在这漫长的旅行中,科学的思想引领我们时而处于险象环生的险恶环境,时而处于充满诗情画意的美妙境界;就像是行船在波涛汹涌的无尽之海,有一波三折的感受,而且细节栩栩如生,令人沉醉不已。

就算眼前是万丈深渊,你依然可以想象这是一次奇妙的冒险,而崖底就是你要去的地方;哪怕眼前是阴雨连绵,你依然可以端一杯咖啡捧一本书,想象自己明天就可以趁雨霁去踏青;即便眼前崇山峻岭,你依然可以闭上眼细嗅山间清泉、竹石,享受如同身临其境攀上高峰的体验……想象与科学,就像是牛奶与红茶的完美融合,散发出沁人心脾的香味,也把人带入一条全新的无尽头的路,打开一个全新的无尽头的新世界。

青春静踏青春

第一幕（学习篇）

上节课的老师刚刚走出课堂，整条走廊仿佛被注入了无限生机，所有的同学都像是冬眠后醒来般，喧闹却也洋溢着青春。

A伸手拍拍前桌B的肩膀："吃的有吗？"B笑着拿出薯片，一群人拥向B的位置。CDE则约好了一起讨论假期里玩的游戏，谈到尽兴之处唾沫飞溅，不亦乐乎。当然，在育才这么优秀的学校里，不少学霸拿出自己心仪的名著开始阅读，还有不少勤奋之星以迅雷不及掩耳之势从抽屉里"刷"地抽出作业本，利索地摊在桌子上，抓起水笔飞快地写着。明明预备铃已经打响，大家似乎都没有听见，依旧各干各的。几分钟后……

老师（推门而入，怒气冲冲）：这节是自习，不是讲话课！这么空啊，居然都在聊天，整条走廊上就只有我们班的声音！订正完了吗，啊？（将一沓试卷甩在桌上）

班级瞬间鸦雀无声。

A（嘀咕）：早就订正好了……

B（嘀咕）：早着呢……

【一切都到了老师耳朵里】

老师（敲了A的头）：看来大家今天都很闲啊，那好，拿出教科书！

全班："啊……"纷纷拿出，满脸的不情愿。【插曲《BEAT IT》】

（烟雾弥漫，转到第二幕，惊喜篇）

第二幕（惊喜篇）

教室里，经过上次的教训，众人在埋头写作业。偶尔有一两声交流声，也是极轻声的。（第二幕由此开始）

A（偷偷侧过头，戳了一下B）：B啊，听说这个礼拜五春游哦。

B（惊喜地转过头来，继而狐疑样）：真的吗？可靠吗？

A（窃喜）：我看啊，百分之八十是真的呢，我可是听别班的同学说的小道消息……

【转头片段插曲《LET IT GO》】

B转头告诉C："你知道吗……"C告诉D，D告诉E，E告诉F……整个教室充斥着窃窃私语之音，但是明显大家都精神许多。

G（班长）："嗯哼……"

众人继续。

G（提高嗓门）："咳……咳……咳！！！一切等老师来

了再说啊！"

众人声音这才慢慢轻下去。

一会儿之后，班主任推门而入，众人目光齐刷刷看着班主任的步伐【插曲《SECOND CHANCE》前奏】炯炯有神。

班主任："同学们，明天呢，我们春游，去宋城，这是通知单，拿回去签名……"

全班人（没等老师说完，欢呼起哄大笑庆祝）："啊哈哈哈哈哈哈欧耶！"

A（得意地笑）："亲们，看吧……小道消息太准了！！"

BCD（附和A）："是啊，真是神机妙算！"

老师（略微不悦）："我没说完呢！明天不交的就不用来了，七点半到校迟到的也不用来了。还有啊，电子产品没有批准不准带，卡牌游戏不准带，钱最多带50块……"

众人心中暗忖：啊？！这也不让带，那也不让带啊？！

可是喜悦还是多于不满……

班主任："放学！"

班长："起立！"

班主任："同学们再见！"

众人（嗓门最高，迫不及待）："老师再见！"

班主任走出教室后，【插曲《FUNKIN LIKE MY FATHER PEAT》第20秒开始插入】，班级里炸开了锅，各种欣喜各种满足，仿佛飞上天去。

（烟雾弥漫，转到第三幕毕业之时）

第三幕（青春篇）

【插曲《TEENAGE DREAM》中间段】拉开幕布，所有同学都坐在车上，有的听歌，有的玩真心话，有的互相损……独白：这就是青春吗？疯疯癫癫的自己和那一群"志趣相投"的同学嬉笑打闹，那就是我们的青春吗？时光如果在这一刻停止，那该多好啊……

老师（满脸笑颜，清嗓，拿起话筒）："同学们，现在是大好的春天，你们可千万要珍惜啊！多看看这绿色的草，河边的柳，都是青青的……"

语文老师（抢话）："这就是青青的春天，青春体验青春，大家可要好好看看。"

众人侧头看向窗外，忽然间看到绿草青青，想起教室里一颦一笑的青春点滴，有现在出游的疯狂，有考试的紧张，有老师补课的厌烦……一桩桩小事拼起来，好像就是语文老师所说的——青春……【插曲《那些年》】

转眼间到了，同学们的思绪好像还没有拉回来，一个个跳下车跑去看那片草坪，在草坪上奔跑嬉笑打闹，好像又回到小学那段时光。无忧无虑地，在上面打滚、睡觉。【LOMO滤镜】

【切换回正常色调】其实，同学们只是轻轻走到了草坪边上，默默地看着满地青青草，春天是青色的，是青涩的，他们这样想。青春，究竟是怎样一条路，是荆棘遍布还是星光璀璨，恐怕每个人都不知道吧。A 轻捻一朵小蒲公英，吹蒲公

英许愿。【回声：我希望，我们的青春都能够在一起，有汗水有拼搏留下一个无缺憾的青春，就像……那青青草】

【插曲《PERHAPS LOVE》】转眼间，老师招呼大家站到一起，拍一张集体照，"茄子——"咔嚓一声，时光仿佛凝固在那一刻（镜头停留），所有人的笑容都那么发自内心，女生那么甜美，男生那么爽朗。【滤镜集体照LOMO】

独白：

我们也不知道，

自己什么时候开始长大，

有点儿多愁善感，

有点儿叛逆任性，

我们开始跟随着青春的步伐。

青春的脚步，

永不会停下，

就像我们今天踏青的脚步，

不会暂停，

我们明白，

从此之后大家的一喜一怒，

都要彼此一起分享，

这是青春的责任，

青春轻踏青春，

这是青春的回忆。

【不断播放照片幻灯片，插曲《ARE YOU WITH ME》】

渐渐落幕。

知江南

水秀山清眉远长,归来闲倚小阁窗。春风不解江南雨,笑看雨巷寻客尝。

——题记

江南春

芳草怀烟迷水曲,密云衔雨暗城西。

春天的江南,总归是浸在绵绵的细雨之中的。说是细雨,倒不如说是千千万万缕密匝匝的情思,在这江南独有的梅雨季节中发酵。它竟是如此轻手轻脚,柔柔地轻抚江南独有的青瓷黑瓦,沿着瓦楞间那仿佛特意为它留好的罅隙,数股细细的涓流在此汇聚,汇成滴滴明亮的、澄澈的水珠。就连落在屋下的青石上,也是柔柔的,偶尔溅起的一两朵水花,都是转瞬即逝,往后便静静地躺在石头独有的坑坑洼洼中罢了。或小雨霏霏,便会顺着石阶滑到青苔上,融进了那一抹烟雨江南中少有的艳丽。殊不知,即使是水墨画卷上黑白灰轻描淡写的江南,却不止于青苔的翠色。顺着石阶望去,可觅得油纸伞的踪影。别处已是人间四月天,而江南的四月却是油纸伞的惆怅。伞下绫罗女子只留给这烟雨一抹背影,独留雨丝落在伞上、落在心间,漾起一圈又一圈的涟漪。

江南夏

江南可采莲,莲叶何田田。

每每梅雨季节过去,天稍晴些,凡在巷子中坐落的客栈,都能够有幸嗅到清晨巷子中飘出的杏花香,闻到那响亮的吆喝——卖杏花嘞!明朝深巷卖杏花,这也是对梅雨季节最好的告慰。赏过杏花,便是品江南枇杷的时候。被毛毛雨润泽过的枇杷,沾着晶莹的水珠。弹指轻轻一拨,那黄澄澄的果肉展露无遗,细品,汁水的甘甜挥之不去。这样,江南的夏季才算是真正地来临了。江南之夏,少了几分燥热,多的是道不完的美景。"小荷才露尖尖角,早有蜻蜓立上头"便是最好的证据了。是独爱这江南的芙蕖了,就像是江南女子脸上那团微醺的红,由花心一直晕染到花瓣。宛若是那曼妙无比的身姿,展现出江南独有的温柔细腻。细看那一丝一丝的纹路,不约而同排列得那么有致,这实是不可思议的。再里面即是莲蓬了,夏初的莲蓬呈鹅黄色,绿色少得屈指可数。可就是这样的莲蓬,让人觉得嫩得都能掐出水来,再也不愿多触及它一分一毫。也只有当湖目成熟之时,才有采莲女撑一篙船来将那莲子的清香载回岸边。再道江南的莲叶,可谓是绿得大方,绿得端庄。若说水华是小家碧玉,那么其翠盖可谓大家闺秀。它一直风华正茂,可从来不曾占尽风头。任由池中锦鲤在芰茄间自由穿梭，亦为花蕾接住恩赐的雨露在翠盘中打转。它应该才是水乡的代表吧，宁静和谐的，与世无争的。这也难怪朱敦儒提笔写下"露卧一丛莲叶畔，芙蓉香细水风凉"了。

江南秋

一暇秋蝉思高柳，夕阳原在竹荫西。

江南的秋，不由分说自然是和别地不同些。池塘中菡萏不再，那笔直的荷叶梗转眼间便被西北吹来的风折了腰。原本荷叶已经被风刷得满面枯黄，现今又是无力地耷拉着，满池残荷败柳，似一位油尽灯枯的老人，好不凄凉。江南的美岂又是这么容易被摧残？又怎会"翠荷残，苍梧坠。千山应瘦，万木皆稀"？不然。听——远处的孤山上是否传来阵阵雄浑的钟声？循声步上山去，满山红叶尽收眼底。或红得像火，或黄得如金，一切错落有致。一片片枫叶落下都是一只只蹁跹的蝴蝶，每一只蝴蝶都是一片扑打双翅的落叶。简单的叶落归根，却渲染出江南层林尽染之静美。经过那座已不知提了何字的老亭子，阅过被风尘遮掩的石青小楷，即是山顶。一口老钟坐落于此。夕阳西下，落日的余晖把半边天熏得彤红彤红的，就连云朵都被洒上了金红色的亮粉，在那一轮即将沉入山谷中的夕阳旁徜徉。风吹动着江南水面，水面轻波如鱼鳞般，水波柔柔之美几笔就勾勒得淋漓尽致。风也吹过了老钟啊，那饱经沧桑的老钟发出"咚——咚——咚——"嘶哑的声音。然而正是这钟声，传遍水乡千家万户，传进浸在水稻香中的、浸在鱼虾鲜香中的江南。

江南冬

绿蚁新醅酒，红泥小火炉。晚来天欲雪，能饮一杯无？

走过前三季的忧愁、繁华、忙碌，江南也是一步步走向了沉寂。忽如一夜春风来，夜里飘起片片雪花，纷纷扬扬。有道是雪落无痕，这雪绝不会吵醒任何一户酣睡的人家，只是顺着西风曼舞，它们或驻足在茅屋或流连于梅花暗香或轻盈地点在湖面，只是一切都静悄悄的。等到人们第二天早上睁开惺忪的睡眼之时，才会惊讶地发现门前的庭院里积雪竟已几尺厚，窗外的翠竹叶上早已积满蓬松的雪，田野间也是盖上了雪白的一层。好在瑞雪兆丰年，大雪就像是给田里的菜苗盖上了一床棉被，隐隐可看见白色底下绿色的生机。若有兴致，可漫步断桥。平日里的石阶都铺上了白色的地毯，无人问津。踩在雪上发出吱吱的声响，想必也是一种享受了吧。不妨挈一小舟，访湖心亭看一场漫天纷飞的雪花。于茫茫天地之间，山长水远，万籁俱静，只听见雪在枝头簌簌落下的声响。天地粉妆玉砌，一派洁净。行在舟中，手捧一卷书，围一炉红泥小火，品一杯苦茶香茗，桌上的金宣落了一行诗句：晚来天欲雪，能饮一杯无？坐对一窗雪，如同坐对一卷书，听雪落寒窗，又岂会不驻足于天地苍茫间！

水墨丹青的过去，七彩拼接的未来

我们是中国的少年，
中国是我们引以为傲的家乡。
我们在中国的摇篮下成长，
我们深谙，
中国曾经有过一个梦。

梦里水墨丹青，
渲染出夏商周的青铜文明；
梦里江山如画，
犹浮现秦始皇统一六国君临天下；
梦里汉朝文景之治，
拨开时光依稀可见典章礼仪犹在；
梦里三国尔虞我诈，
只见公瑾羽扇纶巾，雄姿英发；
梦里两晋南北朝战事烦扰，
却现千古词帝提笔一江春水东流；

梦里文帝炀帝灭陈建隋，
昙花一现唯遗运河贯京杭；
梦里唐皇运筹帷幄，
文人颜筋柳骨引多少后人遐想；
梦里宋代汴州露浓风淡；
宋词悠悠古韵飘香。
梦里元明清金碧辉煌；
玉宇琼楼难把青史藏。

纵千古风流融入海，
司马家记载的功与过，
随风散尽还复来。
垂拱八方，德披九州。
华服炫目，道统长留。

我们迈过数千年看尽凭栏变换，
望见华夏文化流转变幻。
而今我们大步在阳光下，
拼凑出自己的美好未来。

我们生长在江南绿柳垂杨，
那里杨柳依依鱼米之乡。
我们享受微风吹拂碧水荡漾。
春天我们拥抱六桥烟柳；

夏天我们漫步闻莺柳浪；
秋天我们欣赏平湖秋月；
冬天我们探访孤山霁雪；
我们是在江南生长的少年！

我们生长在海南椰树骄阳，
那里金沙遍地碧海蓝天。
我们享受拾贝乐趣漫游沙滩；
我们热爱聆听每一次的波浪；
我们习惯面对蓝蓝的大海；
我们是在海南生长的少年！

我们生长在高原孤烟袅袅，
那里宁静偏僻黄沙漫漫。
我们面朝太阳乐观坚强；
我们爱黄河赋予的片片土黄；
我们是在黄土高原生长的少年！

我们生长在东北松花江上，
那里乡风淳朴好客热情。
我们欢迎所有来客到访；
我们拿出最具特色的杂烩；
我们有着带着儿化音的字腔；
我们是东北三省成长的少年！

我们生长在新疆维吾尔,
那里梯田遍布草原放牧。
我们有着脆枣葡萄蜜瓜;
我们浓眉大眼着鲜艳服装;
我们善唱民歌善舞民舞;
我们是在新疆维吾尔生长的少年!

多少少年在不断茁壮成长,
不论区域、不论距离。
我们生长在同一片蓝天下,
我们共被每一天的阳光温暖,
我们坚信,
少年强则国强!
我们期待,
自己雄于地球,
则中国雄于地球!

我们虽然来自地图上颜色不同的地区,
但是我们将永远对彼此报以微笑。
我们相信,
我们留着相同的血液!
教科书上说我们是黄色人种,
爷爷奶奶说我们是炎黄子孙,

爸爸妈妈说我们是祖国的希望,
同学们说我们是永远团结一心的家庭。

风雨滋润着长江黄河,
阳光普照着故宫长城。
它们像是一块块彩色的拼图,
拼出了雄鸡傲立世界的理由,
拼出了祖国母亲姣好的容颜,
拼出了我们少年眼中的自信,
拼出了我们光明的未来!

我们是中国的少年,
我们将向着鲜红的国旗生长!
从飘扬的红领巾,
到胸前的团徽,
我们在不断地成长。
我们是龙的传人,
是文化的传承,
更是一道道闪耀的曙光!

岁月，请再送我那串串风铃

何谓幸福？幸福不过是在你伤心时有个好朋友的陪伴，二话不说用手指抹去你的泪水；幸福不过是在饥肠辘辘的时候，妈妈一碗香喷喷的蛋炒饭；幸福不过是在下着瓢泼大雨的时候，老师为你披上的一件雨衣。

对于每年的四月十七日来说，我是幸福的，每年这个时候，我都会收到许多的礼物。它们有着或华丽或朴素的包装，彩色丝带，粉色的蝴蝶结，糖果般颜色的盒子……无论是前坐女生亲手折的郁金香，家人送我的衣服，还是我最好的朋友送我的陶瓷杯，都让我感到心里像灌了蜜一般甜。而且在那天，我最好的朋友总会给我一个令人羡慕的惊喜。每每当我收下礼物，心里便会泛起层层涟漪，嘴角上都会挂着一丝淡淡的笑。所以，我格外期待属于我的那一天的到来。

那是一个阳光格外灿烂的日子，早晨推开窗户，迎面扑来的是清新的泥土香和草香。和煦的春风轻轻拂过每个人的脸颊。我暗暗想着：今天是我的生日，田甜一定会又带给我一个可以让我兴奋得睡不着觉的祝福与礼物。我一路迈着轻快的步伐,哼着小曲儿,走向教室,来迎接这美妙的一天。

可是……时间一分一秒地过去了,田甜的位置居然一直是空着的,孤零零的,立在教室里格外显眼。她迟到了吗?我的心里打了一个大大的问号。但手表上的指针走过了一圈又一圈,那椅子仍然倒放在桌子上。难道她今天不来了?我本飞在天空中飘飘然的心忽然间沉重了起来。我们向来最在意彼此的生日,以往我们一起去蛋糕店吃小蛋糕,一起在图书城里边喝咖啡边看书,一起去少年宫……我不敢再想下去,心里满是一阵阵的失落。当上课铃打响时,我的心情瞬间跌到了谷底,跌倒了那阴冷的台阶上。我的视野变得模糊,一串串泪珠淌过脸颊,流过嘴角,我感到又咸又涩。我努力不让自己继续哭下去,抬起头一直看着天花板,我劝告自己:不要哭,看天花板就不会哭。

不知何时,也不知过了多久,窗外忽然下起了倾盆大雨,豆大的雨珠打在窗户玻璃上,发出"嗒嗒嗒"的声响。那雨珠被急急地甩在了玻璃上,却无奈用尽所有力气也没有攀附在玻璃上,终究无力地滑下。我望着窗外,仿佛那一滴滴雨点,就打在我的心坎上,没有任何的保护伞。

雨还是唰唰地下着,我终于挨到了放学。我撑着一把伞,一个人漫不经心地走在回家的小路上。在这条路人总是行色匆匆的街道上,我漫无目的,与那天街上加快脚步回家的人们格格不入。

忽然,我听见一声几乎是用尽全力的喊,好像在呼唤我。那声音,很熟悉,有一种很亲切的感觉,难道是……我不禁愣住,停下了脚步。转过头去,发现我最好的朋友竟不顾一切地向我跑来:她没有撑伞,也没有穿雨衣,那双明亮的嫩黄色的鞋子跨过一个又一个小水洼,她用自己的外套竭力地像是想保护着什么……她见我转过头来,又向我挥挥手,示意我等她。

"对……不……起,我今天家里有事情临时请假。"她跑到了我面前,汗水混合雨水挂在了她焦急的脸上,脸涨得通红。

"这是给你的风铃,祝你生日快乐!"她撩起衣服外套从里面小心翼翼地拿出了一串风铃递给我,随风摇曳的风铃在雨中发出特别悦耳的声音。

我愣在雨中,一股幸福的暖流在我心里油然升起,我情不自禁地拉住了她的手,似乎有千言万语要和她说……

多年以后,风铃一直挂在我的床边,一直陪伴着我。每当我想起她,那天雨里的风铃声,依然清晰地在我耳边回响。

她如明镜高悬

都说"春蚕到死丝方尽,蜡炬成灰泪始干",有人把教师比作蜡烛,牺牲了自己照亮了他人;有人把教师比作灯塔,为学生指明方向;有人把教师比作丁香,默默无闻却美丽如她……可我却觉得她更像是悬在头顶的镜子。

她年纪不大,齐肩的中发披在肩头,乌黑油亮,几乎见不到杂乱的发丝飞扬。她的眼睛圆圆的,如两只小铜铃,每当她望着你,你仿佛能从她眼中读出一泓清泉,甚至是一片汪洋。当然,她发怒的时候自然是海上涌起无尽波涛,似将你淹没。

那年的我们依旧有空去阅览室,美其名曰"博览群书"。我和朋友手中捧着咖啡,从容地从书架上抽下一本,无比悠闲。

"嘿!你看……哈哈哈……多好笑……哈哈哈……"朋友放荡不羁的笑声引得我不由得凑过去,去看究竟是怎么样的文字令人那样捧腹大笑。朋友一边摇着桌子,一边笑得前仰后合,上气不接下气。

正在我挪过去时,朋友的大手大脚撞到了我的咖啡,咖啡杯在空中划过一道完美的弧线。我们吃惊得说不出一个字,待我们缓过神来，一本雪白如新的书已变成了棕色，还有液体不断地从桌沿流下。

"怎么办，怎么办？！"朋友和我心急如焚，却想出了一个馊主意——溜走，假装自己不知道，什么都没发生。

所谓祸不单行，刚出阅览室，她迎面走来，我和朋友问了声好，心几乎提到嗓子眼。幸好，她只是看了看我的衣角。我们以为事情就那么过去了。

直到毕业，我和朋友向她告别，她笑着看看我俩，"都长大了，老师希望你们也能永远对自己，对做的事情负责"。我们的脸唰地都红了，一如当年刚打翻咖啡时那样红。后来我曾偷偷地溜进阅览室，发现那本书焕然一新，我猛地想到她某天曾买过这本书。

她的言语不多，却用行动证明了她眼中一片汪洋的真谛。她不会厉声谴责，却只用"以身作则"如明镜般悬在我们心中。她是我的未来的明镜，让之前的道路一片明亮，让我不忘过去，不惧将来。

屋檐下

我喜欢屋檐。我喜欢屋檐下那一串串的红辣椒,那是"春风送暖入屠苏"的年味;我喜欢雨天屋檐垂下的晶莹雨滴,那是"大珠小珠落玉盘"的动听;我喜欢屋檐下纱窗上糊的那层薄窗花,那是"总把新桃换旧符"的气象……殊不知,屋檐带给我的不止于此,还有那份情。

那年,我已十岁。清早醒来,撑开那惺忪的双眼望向窗外,眼前的景象让我双眼放光。昨夜下了好大一场雪,屋檐下垂着大大小小却晶莹剔透的冰棱柱,阳光下十分闪亮。我欣喜地跑下楼去,看到外婆正在烧煤炉。

"外婆,外面结冰了,我要去玩!"我一边说一边从衣柜里拿出手套和围巾,迫不及待地把手套偷偷地戴在藏在背后的手上。"不行,外面太滑了,你去要滑跤的。"外婆担忧地说道,"要不先吃点什么吧?"可我完全没把她的话听进去,嘟哝着小嘴,"怎么会呢,我已经十岁了。"

趁着外婆去拿东西的工夫,我蹑手蹑脚地走出门,轻轻虚掩上门。我偷偷溜出来后,心里是满腹的不服气。外婆这都不体谅我，我在心里暗暗地抱怨。

我溜出家门后，沿着屋檐下的小路向外面快速走去，一边观赏雪景，一边还在不停埋怨外婆。正当我分神时，突然一个不小心，就踩在了一块冰上，也不知是哪个小孩这么调皮把冰堆在路上。我突然重心不稳，下意识地扶墙，而墙上竟也结了薄冰，滑得我借不到力。这下，我一个习惯性的仰身，便重重地摔倒在地上。尽管棉衣很厚，我却感到钻心的冰凉，紧接着的，是隐隐的痛，我意识到我已无法走回家了，只好等待救援。时间一分一秒地过去，路上始终没有人出现，我的意识渐渐模糊。

突然，一个声音传到了我的耳膜，"晶晶，你在哪里？快点回来。"这声音由远及近，由模糊至清晰，且是那样的熟悉，我不禁放声大哭。眼前，是拎着暖壶为我而来，自己的脸却冻得发红的外婆。我的内心突然间泛起阵阵涟漪。后来，我依靠在外婆的怀里，望着屋檐下悬挂着的串串冰晶，听她讲这屋子的来由，讲屋檐下发生的故事。她的眼中泛起晶莹。她和我一样，望着屋檐陷入沉思……

屋檐带给我太多太多，早已道不尽那屋檐下如冰纯洁的童年时光，我只愿从屋檐下剪一段最美的岁月，蹁跹在我记忆中的屋檐……

说给自己听

我听不见蒲公英是否对我歌唱,但我能望见它们为梦随风而去的背影;我听不见凌晨四点海棠花未眠的呢喃,但我可以望见它们迎来曙光时的初心;我听不见每一滴雨顺着窗棂滑下的声音,但我可以望见它们滴水穿石的辉煌。

星星在夜空中眨着眼,不眠。

我总是问外婆为什么星星总是眨眼睛,她说,星星有话要说。我不明白,她也只是笑笑,用蒲扇给我扇来一席星光相伴。

我自小喜欢吟诵一些古诗,不管是"但使龙城飞将在,不教胡马度阴山",还是"但愿人长久,千里共婵娟",我都能捧着书在门口边一个人大声地念,连邻居也时常寒暄着"又在读诗啦"。

校园诗歌节的开幕于我而言是无比激动的,我自告奋勇在开幕式上吟诗。想着自己有朝一日能够在全校面前朗诵,我每天回到家都对着镜子不断地练习。

日子一天天过去。开幕式的前一天,我还穿着十分正式的礼裙，在父母面前晃来晃去，就像是一个疯癫着的，就要梦想成真的生命舞者。期待已久的时刻即将到来。

"叮铃铃……"妈妈的手机响了，她去了阳台接电话。等到她再次看到我时，拉着我的手，凝重地告诉我我明天不能上台朗诵，学校请了一位专业的朗诵者。

这则消息如同晴空霹雳，使我泪如雨注。我跑到楼下，正逢倾盆大雨，将我浇得遍体鳞伤。这时，外婆走出来，带着我走向屋顶。

等雨停了，她与我一同坐下，问我："你知道为什么你听不见星星说话吗？"我摇摇头。"是因为星星的话只说给自己听。"我想着星星，它们不言语，却发出属于自己的光芒，它们不在乎别人是否看到自己有多么的闪耀。它们努力发光，是给自己照亮前方；它们缄默，所有的付出所有的艰辛，只说给自己听。

星星不是不说话，它只是说给自己听。

也许飞翔的痛苦让蒲公英难受，但它也只说给自己听。那海棠，那水滴，大抵如此。

星星的话星星听，成长的话语我自己听。

双面谓之全

《阿甘正传》里有这么一句话:"生活就像一盒巧克力,你永远不知道下一颗是什么味道。"生活纵使向我们递出了我们为之努力许久的巧克力,我们也不应该过早地欣喜若狂,因为我们不知道这是否是颗苦到让人皱眉的黑巧克力。仔细想来,生活中大大小小的事情又何尝不是如此,有时我们只片面地看见阳光金灿温暖,却未曾留心阳光下也有阴影。

大多人看事物总是停留在最令人印象深刻的一面,然而这样往往会导致认识的浅薄和对周遭的不正确认识。有人谴责陶渊明只知道一味地出世,持有"种豆南山下,草盛豆苗稀"的消极人生观,然而他们不曾了解陶渊明是处在怎样一个政治黑暗的社会;有人鄙夷庄子自命清高不愿从仕,却不曾看到庄子思想中追求精神自由的积极一面。只看到事物的不好的一面,会阻碍我们的目光向着更长远、更全面的方向发展。

相同地,如果只看到凡事积极的一面,盲目地乐观,又会对未来可能遇见的挫折措手不及。塞翁失马的故事耳熟能详,那位本以为自己幸运无比的邻居在过度地乐观中听闻征兵的噩耗。正是这种盲目的，过度的乐观使人放松了警惕，不再全面地思考未来。

正是因为有这两种态度的前车之覆，才能成为我们的借鉴。何谓全面？全面一词，从狭义的角度来看，它既需要看到事物有利的一面，也需要看到事物不利的一面。诗人早就有诗云：横看成岭侧成峰，远近高低各不同。不同的角度会给人不同的感受，激发人不同的思考。

如更广泛地理解"全面"，则又有别样风味。此时的"全面"应能跨越时空隧道，架起古今桥梁。小到后人乘凉时想起前人栽树，大到以史为鉴，可以知兴替，以人为鉴，可以明得失的思想境界，将过去的经验应用于现在，做到古为今用。这也很好地解释了为何美国法官在判案量刑前都会查阅以往相关案例。这看似"低水平""健忘死板"的固执，实际上是一种全面的参考。可以说，"全面"在此甚至散发着代表公正的光辉。全面，使人们改造世界的活动得以升华。

双面才可谓之"全"，所以当生活向你递出带有苦涩味的巧克力时，不妨大胆地告诉自己"焉知非福"。

两株野牵牛

都说"不是花中偏爱菊,此花开尽更无花",菊是历来古人诵吟的对象;又说"唯有牡丹真国色,花开时节动京城",牡丹历来为唐人推崇;还有云"千磨万击还坚劲,任尔东西南北风",竹的气节让古人敬佩不已……然而我却最喜欢野牵牛花,它们好像是挂在藤上的铃铛,告诉我许多。

那年,父亲与我一同去山中。

顺着阳光下闪闪的溪水看去,山间的兰草显得青翠欲滴,而那一片绿中,我看到点点红。我拉着父亲走过去,轻轻拨开草丛,两株开得正盛的野牵牛正蓬勃向上,每一朵花都像是使者,说着,浅唱着,低吟着,吐露着山间的美好。

我太喜欢花了,嚷着要带一株回去养。父亲拗不过我,只好带着一个精致的花盆,把一个木铲子给了我。我小心翼翼,唯恐伤到牵牛那细嫩柔软的茎,仿佛一摇就会有水出来。我也不敢将泥土抖落到叶子上,一边拂去土一边仔仔细细地敲实土壤。

我仿佛围着它转。每天早晨我都要浇水,施肥,生怕它长不大，在夏天为它遮去过于炎热的太阳，大雨时又把它心痛地放到室内。

好像每天最重要的就是呵护它了。

可是，某天的夜晚，突然下了一场大暴雨，等我早上起床去看它时，它已经满地沧桑，所有的花朵都被打蔫，低低地垂下头，叶子也不再有生气。我伤心地告诉了父亲，父亲没说什么，再次带我到山中。

他指了指那株还在山间的牵牛。那株牵牛花开得正盛，比我上次见到的更加美丽。父亲抚着我的头，说道："孩子，这株牵牛花不是很幸福吗？它所要的不多，仅仅是阳光和雨露。它是知足的，所以它幸福地长大。"

我刹那间明白了，一阵风拂过，满山的牵牛花都在"铃铃"地摇动，享受它们所拥有的一切。幸福对于牵牛花是如此简单，它们又是多么知足！

也许星空璀璨，但我只想要一颗星星；也许大海茫茫，但我只要一瓢，因为——知足就是最大的幸福。

不畏雾霾

雾霾就像是前进路上的荆棘，影响着人们；雾霾就像天空中的乌云，阻挡人们对阳光的渴求；雾霾就像是一场暴雨，沉溺了春天的新绿色希望。

本就是极其不顺利的一天，想买书却找了半天觅不到想要的书，想出来游西湖可看到的却是远山近水一片灰蒙蒙。不知不觉间我的心头好像被雾霾所害，不再对那天抱有希望，只好漫无目的地骑车穿梭在这个披上全灰大衣的城市。偶尔路过报亭听到人们对PM2.5指数爆表的议论，我小声嘟囔了一句：雾霾真讨厌！

也就是这么抱怨了一句，我就连人带车撞到了路旁的绿化带，一声声响传来，紧接着是倒地后硌到的阵痛，我才意识到事情有些严重。因为雾霾，我甚至不太看得见太远，只看到戴口罩的人们行色匆匆、心无旁骛地想着回家。我感到些许绝望，这个时候，靠自己爬起来再一路用扭伤的脚骑回去，可能性基本等于零。

我看到自己的手掌蹭破了皮，隐隐透出一点点的红，一碰却发现痛得厉害，膝盖更是因为没有保护，鲜血直流。我望着雾霾，深叹了一口气。

可就在此时，一双温暖的手把我扶了起来，我顺着看去，竟是一位素不相识的阿姨。她朝我笑笑，仿佛用一阵徐风吹散那一片雾霾，我感觉到那个笑让我的世界重新可以隐约见到阳光。

"是不是因为霾看不清方向了呀？"她关切地问道，"看上去你受了点儿皮外伤，我帮你擦擦。"说着便蹲了下来，为我仔细拭去伤口上的灰尘。她一定是用一把扫帚，在扫去我心中的霾，我们开始交谈，她问我是否很疼，或许因为心中的雾霾驱散，我竟感觉不到疼……

哪怕雾霾肆虐，我想我已经有了"不畏雾霾遮望眼"的勇气，那每一片哪怕处于浸没在灰色牛奶中的城市的关心，我都会收藏好，珍藏在记忆的书中。每当我经历雾霾，我都会想起那关心犹如雨霁的彩虹，犹如海上的灯塔，犹如倾盆雨中可以躲避的屋檐，给我不畏雾霾的勇气，给我那琉璃般纯净的真善美世界。

我找到了我

何其幸运,我找到了我。

我曾在倾盆大雨中迷失,听着无尽的雨声和自己呼喊的悠长的回音;我曾在万家灯火中迷失,面对着楼窗上透出的或淡黄或白的那些亮亮暗暗的灯光;我曾在拥挤的人流中迷失,望见人群在马路上跟随着红绿灯的亮起穿行,裹挟着喜怒与哀乐……

我曾迷失得像乱撞的小鹿。

我曾问母亲,究竟什么才是信仰,信仰是不是很大,大到能和整个苍穹匹敌。母亲只笑笑,只让我自己寻找答案。

我曾问父亲,父亲也未曾说上来,思考良久,方指着手中的设计图纸说,他热爱这工作,工作也许就是他的信仰,当然,他的信仰也是他支撑起家庭的坚实后盾。

我曾问奶奶,奶奶是个吃斋念佛之人,她不相信别的,她说她相信佛祖,相信六道轮回。

大概一千个读者就有一千个哈姆雷特,我始终想到信仰,就像一泓水总想泛些波澜。

我曾以为信仰是伟大的，回忆起周总理"为中华之崛起而读书"这般慷慨激昂的言辞，又想起比尔·盖茨那令世界震惊的事迹，我暗下决心，要有信仰，应该是要获得人生巨大的成功，拥有财富和地位，才能赢得尊敬。

我曾站在人来人往的街头，注视着一座高大的写字楼。

那座写字楼仿佛是位成功人士，器宇不凡，每日进进出出的，也都是打着领带的精英人士和商人。

西服在他们身上格外笔挺。

可奇怪的是，纵他们是我眼中有信仰的佼佼者，每天傍晚，我依旧看到有一部分人垂头丧气地走出。每日谈笑风生的，也只有那大腹便便的一个人。我还是迷茫。

第二天清晨，当我上学路上经过一条小巷。

送报员自行车的铃铃声唤醒着巷中的每一扇窗；做早餐的大姐煎饼时油吱吱地响；磨剪子的人拎着他的工具大喊——磨剪子啦！

他们每一个人都那么快乐，那么知足。

他们没有很多财富，却拥有平凡而又热烈的灵魂。

我很想与他们的灵魂拥抱。

我找到了我。

从坚持中蜕变

蜕变,是一个美丽而疼痛的过程。蝴蝶从毛毛虫蜕变成翩翩起舞的精灵,石榴忍受钻开皮肉的疼痛蜕变成象征成熟的标志,种子经历钻开种皮泥土蜕变成鲜艳美丽的鲜花。坚持是它们的目标,也是我的信仰。

记得那年的我,仅仅七岁。在美术课上对着任何新奇的东西好奇不已,一会儿对那多彩的油画棒感兴趣,一会儿对盒子中闪闪发光的极小的珠子感兴趣,以至于那天选择了最难的一项作业——用废布料缝个小布袋。

我意气风发的回到家里,取出大大小小的针线,仿佛自己是个行家。左边把针埋进去,右边把针取出来,似乎只是小菜一碟。我飞快地进行着我所谓的"缝制",却没有料到当我兴冲冲地想宣布我完成之时,布袋的另一块布不争气地掉落了。原来,我只是知道了用针穿过一块布就会留下"痕迹"可以钉好布,却不知道要把两块布一起缝。我只好重来。

这次远没有那么顺利了,第一针下去,我就感到一阵疼痛传来,哦,原来是刺破了手。接连几针,我的动作开始笨拙,手指腹上全是自己留下的血红的针孔。看到自己的布袋又不尽如人意，我气冲冲跑出门去，看着布满孔眼的手指，我不禁暗自垂泪。

可正当我抽泣之时，我看到一条青色的小虫正不断地蠕动，用柔软的身体摩擦坚硬的外壳。我很是吃惊不解，毛毛虫一定很疼，它为什么还要努力去承受疼痛呢？想着想着，我看到它已褪下那层原来的壳，不再那么小，那么不起眼，而是一条比之前更为强壮的虫。我知道，它在蜕变。它在努力忍受所有的痛苦，让痛苦如砂纸般打磨去原来的它，带来了一个最棒更为厉害的自己。刹那间，我明白了许多，我走回了家里，重拾起那给我疼痛的布袋。我相信，我会用针线串起我的坚持，用坚持去抵御疼痛。因为，我在蜕变。

蜕变也许会有疼痛，可是如果我们迎着阳光，忍受疼痛，所有的疼痛都会在我坚持着的那一瞬，土崩瓦解，成为我蜕变的信仰。

我已经不是小孩子了

岁月如一把静躺于掌中的流沙,从指缝中悄然无声地流逝;岁月如一池莲荷,在春去秋来中绽放凋零,终归于池中;岁月又如田野中的麦芒,每多一把穗子都是几度春秋……记忆的相册终将翻开新的一面,而我已不再为孩童。

那年,我十一岁。蓝天下的一切于我而言都是美好的,那时我才依稀会背"蒹葭苍苍,白露为霜",正是那时,父亲出了一次长差。

本想回家便有妈妈温暖的怀抱和听不厌的寒暄,迎接我的却只有一张长长的纸条。"晶晶,我和你爸都要去出差,没人时要学着照顾自己,不小了,再过几个月就该十二岁了……"

我只看了一半,便嘟起了嘴,感到有些不满。我慵懒地躺在床上,心想:"我还是小孩呢,我偏不,我偏不洗衣服,偏不做饭!"这么想着,便捶着枕头开始啜泣。

没人安慰,自然我哭累了便停了下来,可是此时我早已饥肠辘辘,环视房间,却只能找到一块饼干。我又想起了老师说明天要穿白衬衫,而我唯一的一件却沾满了油渍。怎么办呢？我只好硬着头皮看纸条——果不其然，还是妈妈有办法。想起妈妈平日里的辛劳，我拿起衣服便去洗。

滴洗洁精在上面涂抹自然不是难事，可当我要把污渍洗净时一拧开龙头，才发现流出来的全是冷水，现在可不是春夏，水流在手上冰冷而且刺骨，仿佛要把我冻住。我的手也开始变得通通红，甚至有些肿胀，我开始体会妈妈的不易。当我用颤巍着的小手从水中拎起白净如新的衣物时，我终于露出了欣慰的微笑，原来，我也可以做到！我于是乐呵呵地找出了大家的外套，认真地洗起来。

当我看到阳台上一排整齐干净的衣服都出自我手时，我感到自己已不是小孩子了。

我不是小孩子了，我会绘出美丽的彩虹支撑起一片天；我会做一片遮天的荷叶学会遮风挡雨；我会去细嗅青草在岩缝探索找到自己……冰心奶奶的童话不再罩着现在的我，我将自己在雨巷徘徊寻觅戴望舒的脚印；我将在徐志摩的引领下因康桥而轻轻叹息；我将在郁达夫的点点滴滴中汲取雨露光芒……因为——我已不再是小孩子了。

小学阶段——

天真烂漫的我印了个五彩的手印在墙上,
仿佛世界都因此缤纷起来。

一张无法撕下的纸

生活中点点滴滴的感动，都是一朵朵小小的，却又给了我们许许多多记忆的花朵。当以后把干花拿出来嗅一嗅，记忆的相册就为我们缓缓打开，曾经的黑白回忆，又涂上了彩色。我听过这么一个故事。

冬天来了，雪花如鹅毛般飘飞。

清晨，北风呼呼地吹，走在哪里都感觉到很冷。

不久前，市里下令：无论在哪一个角落里所张贴的种种广告单、宣传单等，统统都要清除干净。由于这个原因，市里所有的清洁工都出动，开始全面清洁这个本来就很美丽的城市。

漫天大雪飞舞着，一帮清洁工忙碌着。

临街对面的一堵光滑的墙上贴了几张宣传单之类的纸，一位年老的女清洁工正在那里小心翼翼地撕着那些纸。看来，那些纸很难撕尽，那位女清洁工用沾过水的刷子在那些纸上刷了刷，然后再用手细心地撕。她的手肯定是冰凉的，但她不怕冷，她的心里是暖的。

她很认真，连续清除了好几张纸。她又走到另一张跟前。

她的右手举起来，这只手却停在了空中，似乎定格了。又见她身子往墙面靠近了些。接着，我又看见她微微地摇了摇头。

只见她专心看了一会儿，便缓缓离开了那张纸，没有清除它。为什么不清除它？她忘了市里的规定吗？此时，另一个瘦小的女清洁工走近那张纸。她的举动竟和那个老清洁工一模一样：举起右手，定格在空中；微微地摇了摇头；专心地看一会儿，缓缓地离开。

过了马路，来到那堵墙前面。映入眼帘的，是一张寻人启事。那上面写着：赵洁，女，14岁……

雪花还如鹅毛般飘飞，但有谁会觉得冷？

读了这个感人的故事，我非常地敬佩那两位清洁女工，她们给予了寻找女孩的家人无限的帮助，给予了他们无限的温暖。在这种下雪天，家人不幸走失，对于已经被无情的茫茫白雪寒心的家人，还要忍受离开亲人的折磨，就是铁石心肠的人，也会伤心，也会忍不住不去撕掉那张可能给她的家人一丝线索的生命之纸。那两位清洁女工，不仅仅是提供了帮助，更是让更多的人去帮忙寻找孩子，这是城市的一道美景，也是生命的一种升华，清洁工的举动实在让我感动。

盎然西湖

"哒,哒,哒……"一阵阵悠悠的马蹄声从孤山寺北边传来,和着那"铛……铛……"的钟声,身着便服的诗人白居易正从孤山寺出发。首先映入他眼帘的便是满盈盈的西湖水,如一汪碧玉镶嵌在美丽的杭州。一阵暖风吹来,湖水被依依的杨柳枝拨弄得泛起层层涟漪。

远处,一只只小黄莺争先恐后地飞来,每一只都不甘落后,纷纷停在了被温暖的阳光笼罩着的柳枝上,享受着西湖的美景。远处,几只身穿黑衣裳的燕子正不辞辛劳地衔小树枝和春泥筑起自己温馨的巢。

转眼,诗人已经来到白堤。

一簇簇小花星星点点:有红色的在朝着风儿笑;有紫色的羞涩地低下了头;更有黄色的小花向着杨树鞠躬……真是多得宛若天上的繁星。当然,细看还会发现那一抹春痕——嫩草正努力地冒着尖儿,望去尽是娇娇的一片。它们不高,却刚刚好没过马蹄,像柔软舒适的绿毯子铺在堤上,春意盎然,又多了几分情趣。形形色色的花,还有那嫩草陪伴,诗人不禁对这风景如画之处赞不绝口,骑马漫游在此等山清水秀之地,更让诗人心中豁然开朗。

杨柳依依多情,随风摇曳,小儿在湖边无忧无虑地放着纸鸢嬉戏玩耍,更是勾起了诗人的美妙回忆。又是一阵柔和的春风拂过他的脸颊,黄莺在唱歌,燕子忙着筑巢……

诗人转眼已经来到贾亭西面,见到夕阳西下,流连忘返。带着自己对白堤的喜爱与留恋,提笔写道:

> 孤山寺北贾亭西,
> 水面初平云脚低。
> 几处早莺争暖树,
> 谁家新燕啄春泥。
> 乱花渐欲迷人眼,
> 浅草才能没马蹄。
> 最爱湖东行不足,
> 绿杨阴里白沙堤。

西湖之盎然,白堤之美,又何尝不令人流连忘返呢?

暖

春夏秋冬，
景色不同，
股股暖流涌上心头……

和煦的春风轻轻吹拂着大地，
暖暖的阳光千丝万缕照耀着大地。
柳树发芽了，
桃花含苞待放了，
小草偷偷地从泥土里钻出绿油油的小脑袋。

大人们尽情地在阳光下沐浴，
孩子们快活地追逐嬉戏。
人人脸上都洋溢着甜甜的笑容，
是那么的惬意，
那么的暖人心。

一阵阵热浪迎面袭来,
火热的太阳炙烤着大地,
知了在树上知知叫个不停。
路边的免费凉茶摊,
为来往行人送上一杯杯凉茶,
给他们解暑降温。

秋高气爽,丹桂飘香。
金黄的稻子成熟了,
红红的高粱笑弯了腰,
各种水果结出了丰硕的果实。
田间、果园里人们忙得不亦乐乎,
人虽累,
但心里却是甜甜的,
暖暖的。

北风潇潇,大雪纷飞,
整个城市银装素裹。
人们纷纷拿着铲子、扫帚、草垫……
不约而同地加入扫雪的行列中,
为他人,为自己铲出一条条平坦的路。

春夏秋冬,
景色不同,

股股暖流涌心头，
人间友爱，
温暖人间。

心怦怦地跳

"喂,小张吗?您有一个信件,请速取!"

"哦,好的好的,马上下来!"

此刻,你一定要问了:谁呀?为什么打电话?……还是让我与你分享这份"酸甜苦辣"吧!

这事,还得从我最近爱上地鼠机说起。最近,我迷恋了一个叫打地鼠的游戏,便缠着妈妈给我买。可是一直没有下落,突然有一天,妈妈接到了一个来电,便出现了开头那一幕。

于是,我立马关掉音乐,以最快的速度飞向电梯,准备出发!这一路上,我总觉得往日被我称作"飞毛梯"的电梯似乎也变慢了,总让我觉得没有走楼梯快。

随着"叮"的一声,我高兴极了,以"吉尼斯"记录的速度那么快地飞向玻璃快递房。我的心怦怦地跳,有一种预感:幸福的那一刻即将降临!!

到了里面,一位叔叔不紧不慢地说:"这位小姐您的大名是?是邮件?是包裹?"

可我才懒得听他叨叨呢,立刻翻箱倒柜,左拨开箱子,右看看另一些小信件是不是我们的。可是，悲惨的命运就是不放过我，直到那个叔叔叨叨完，我也没能找到。我只能求助于老妈。

终于那人先看了看第1、2、3箱，又拆开了第4箱。忽然，一个"张×"从我眼前闪过，我立即抓了起来，发现果不其然，是妈妈的。我的心怦怦地跳，因为我已经知道，我马上能HAPPY啦！

我拿着信件，心怦怦地跳，我在期待拆封的那一刻，"快拆呀"，我心中早已忍不住了。

于是，我和妈妈坐在椅子上。妈妈撕开了信纸，我的心怦怦地跳。可是，当妈妈拿出那个东西时，我吃了一惊，原来这只是一个手机软件！！

霎时，我的心像打翻了五味瓶似的，说甜嘛，笑自个儿高兴得太早；说酸嘛，心里很伤心，因为并不是我爱的地鼠机……

哎，这真是倒霉的一天啊！

温暖

温暖是什么？温暖是波涛汹涌的海面上的一座灯塔，让迷失方向的航海者找到归宿；温暖是山洞里的一堆篝火，让寒冷的避难者感到扑面的热气；温暖是山坡上一条清甜的小溪，让口干舌燥的牧民感到不再干渴。对于我来说，温暖只是一次轻轻的搀扶。

那是一个冬天，下着淅淅沥沥的雨，街上寒风呼啸，行人稀稀拉拉，都快步行走着。他们纷纷把自己裹得严严实实，有帽子的戴上了帽子，有围巾的披上了围巾，有手套的戴上了手套，没手套的也把手塞进了大衣口袋，整条大街活像"大粽子"的天堂。我也不例外，立起领子，戴上帽子，围上围脖，骑着自行车，到新丰小吃去买糖沙翁。

我小心谨慎地骑车，一切都那么顺利，当售货员把暖烘烘的糖沙翁送到我手里时，我的心一下子暖了起来。

可当我喜滋滋地跨下台阶，准备先美美地品尝一下时，没注意到脚下的破台阶，脚底一滑，连人带糖沙翁一起摔倒了，像冰一般凉的台阶蹭到了我的手，我的手早已被脏水染黑，加上这一蹭，蹭破了皮，鲜红色的液体若隐若现。于是，我的心情跟着糖沙翁一齐跌落。这时，一位骑着自行车的路人一边打着电话一边把着龙头，飞快地从我身边驶过，车轮从路旁的水坑急速碾过，黑乎乎的泥水溅到了我的白衣服上。霎时间，我像一只小奶牛，身上黑一块白一块，而路过的人却都只是瞟我几眼，虽有一些大人很同情我，但也终究是摇摇头径自走了。

天空依旧下着雨，细密的雨丝划过我的脸颊，不知为何我的心却像被刀割一般痛。路上虽说人不算多，但车子不算少，一部部私家车从路边飞驰，留下"哗哗哗"的声音。孤单笼罩在我的心头，我心里霎时没有了底。我还能骑车回去吗？这是一种在暗夜中迷失了家的方向的恐惧；仿佛大街上只有几盏小路灯和凉飕飕的风陪伴你的感受；更是在幽巷呼叫一声无人应答，只听见长长的回音与淅淅沥沥的雨声的孤寂……心在狂跳，毫无规律，也毫无征兆。

就在这时，我感觉到一双暖暖的柔软的手伸向我。一位素不相识的阿姨把我搀扶了起来。她一边试图掸去我身上的灰尘，一边从包里拿出餐巾纸为我擦去衣服上的污迹。"没事儿吧？手都划破了。来，起来吧。"她嘴角上扬，向我善意地微笑着，温暖着我已经冰凉的心窝。"我……""没关系，下次小心一点就好了。"她仿佛能读出我的心思，用行动让我的心灵温度计一点一点地升温。那淡淡的一抹笑好像一片彩虹，挥洒真情，令我的世界变得美好；好似一片鲜花地，赋予我的心灵七彩的颜色；如若一条小溪流，灌溉关爱之泉，让我的心灵变得澄澈……那一抹笑，好像让我感受到了冬日的阳光，温暖而柔和。我到现在还清清楚楚地记得，她的声音也很甜美，像棉花糖一样甜甜软软的，很是和蔼可亲。后来我才看清了她的面貌，她弯弯的眉毛像月牙，一副枚红色的眼镜架在了她高高的鼻梁上，若是笑起来，比老师还要动人，仿佛仙女一般。

她没有告诉我，她是谁，她在哪里工作，只是留给我微笑，以及美好的回忆……

温暖，不必用华丽的辞藻去修饰，无须用精妙的画笔去雕饰，更不需要用一个个名字来诠释，它却依然光亮耀眼。冬天虽是寒冷的，但让我感到了真情与温暖，那种浓浓的暖意，是源自那火一般炽热的心。正是那甜甜的笑，如甘泉流进了我心中，让我感到温暖。这个冬日，阳光已经洒满了我的心间。

忆那份芬芳童年

> 温暖的阳光穿梭于微隙的气息。阳光的味道,弥漫在春日,同校园里的一切上学玩耍。阳光下,是校园里纤绝的尘陌,呢喃着天真,充盈着那抹我们曾经的欢声笑语。
>
> ——题记

时光荏苒,小学的一切像一匹永不停息的马儿一骑绝尘而去,我不再是六年级那个天天盼望着月考获得金质奖、银质奖的小孩;我也不会再是在礼堂舞台上弹奏《致爱丽丝》的那个习琴者;我更不会再是放学后做完作业蹦跶在操场采集桑果的那个欢声笑语的女孩……

如今,忆起那份芬芳的童年记忆,仿佛再一次翻开了那本记忆的相册,有辛酸有苦涩,有幸福更有快乐。

忆阳光下的200米

春天的阳光从密密层层的枝叶间透射下来,地上印满大小不一的粼粼光斑。草丛里斑斑驳驳的影子,小鸟在轻轻地鸣叫。一切在太阳的照耀下显得那么安然。

记得那次体育活动课,我们测试跑200米。随着哨声一响,大家都像是一支离弦的箭,又像是一只拼了命想要飞翔的小鸟,不顾一切地冲出起跑道。大家像是有一个约定俗成的秘密,你追我赶,心里既想着不要被别人赶上就可以,又想着要追上前面的那个人才够好。于是,操场上便有了一抹抹在拼搏在奋斗的身影,在阳光下格外耀眼,操场上洋溢着快乐的气氛。

忆三叶草的味道

学校有一块小草坪,旁边有一大片繁茂的三叶草。每逢春季,那绿色的精灵们便破土而出,探出小小的脑袋。青翠的枝叶总招展着不凡的气息。细细端详,才发现嫩嫩的小叶上印有心形的、淡淡的圈。据说找到四叶草的孩子,愿望可以成真……于是,一段时间,在课间就喜欢坐在柔软得如绿毯的草地上,晒着午后暖暖的阳光,让阳光洒满校园的每一个角落,洒进我们的心田。我们依偎在一起,寻找着那四叶草的踪迹。

后来不知是谁听了谁说,那些三叶草的茎是酸酸甜甜的,我才晓得三叶草的滋味。不过,那真的是三叶草的味道吗?我经常想。也许不是,因为那份喜悦与童真的芳香早已经飘进心田。

忆图书室的阳光

午休时间,去图书室坐坐,享受阳光,听听窗外麻雀的歌唱也是很舒服的。润红的骄阳为晴朗的夏天添加了一抹色彩。午后,阳光如水般音符一样灿烂地流动,湿润了不同的书架上不同的感情色彩。阳光格外明媚,甚至是有些小小的火辣,向你展开了笑颜,送你一束微微炽热的光。红红的光束射过来,那一小抹细腻的温柔抚摸着你,像年轻的母亲的手。我可真想摘一缕阳光,制成书签,那么,把我曾经美妙的读书时光和每一次坐在图书室里暖洋洋的幸福,都夹在书缝里,在打开书本之时,便有一种阳光射进书夹页间的惬意。我坐在椅子上,读着一本世界名著,图书室里连眨睫毛的声音都依稀可以听见,时光要是从指缝中缓缓地,再缓缓地流淌,该有多好啊!

……

星光渗透着我芬芳的童年,抬起头仰望星空,是不是可以有幸看见我儿时最好的伙伴,是不是可以隐约回到小学那生动而有趣的课堂,是不是可以发现星空淡淡地勾勒出我们曾经的模样……低下头,嗅到那份童年三叶草的芬芳;打开书页,翻到那份曾经被阳光拥抱过的那一页再细细品读,这样的感觉,像是有一架彩虹桥可以通往童年,让我找回那即将被遗忘在时光中的美好。

我们班的"爱因斯坦"

咦?"爱因斯坦"?这个名字好熟悉……哦!对了对了,这次,我们班也出了"爱因斯坦"哦!不明白?听我道来吧!

昨天下午科学课下课,我忽然听见洪骏等人围在讲台旁起哄。我被搞得丈二和尚摸不着头脑,难道……科学老师十分生气?也许,谁受伤了?

可是,我始终没有福尔摩斯的智慧。可我也忍不住那颗怦怦跳的心的指示,不由得走进了科学教室。

俗话说得好,"纸是包不住火的",我一进教室,就听见一些话:"汪哲睿喝了高锰酸钾!""高锰酸钾好像听说对人体有害!"这些话让我明白了一些内情:原来,汪哲睿在老师讲课时,心里痒痒的,似乎在想:高锰酸钾是什么味呢?于是,情不自禁当起了"吃番茄的罗伯特"……

事后,我问了问他,他说:"味道多是苦,微酸。当时很好奇,想了想就喝了一点。"

这到底是天才?还是"爱因斯坦"?其实他什么也不是,只是一个普通、好奇的小男生。

畅游雅鲁藏布大峡谷

HELLO！你们好！我是导游吴隽煊，大家可以叫我小吴。此次呢，我们是去西藏的雅鲁藏布大峡谷，它可是比秘鲁的科尔卡大峡谷还深的呦！（出发啦）

现在，我们已经到了，看！雅鲁藏布，映衬着雪山冰川和郁郁苍苍的原始林海，云遮雾罩，神秘莫测。好，接下来我们要去发觉并享受啦！

呵，大家泡过温泉，去过雪山吗？哦哇，看来你们全是旅游中的"驴友"喔，厉害厉害！不过，比它们更美、更稀有的得数这个了！喏，看吧。它从固态的万年冰雪到沸腾的温泉，从涓涓细流、帘帘飞瀑到滔滔江水，真是千姿百态。

各位旅客，请不要迷恋它了，我们要去大峡谷的山了。

大峡谷的山，从遍布热带雨林的山脉到直入云霄的皑皑雪山，让人感觉如来之神笔。

好了，真正等我们去探索的要归那九个自然带！GO！GO！GO！

这里，我们看得见从寒冷的北极和炎热的赤道上那些"远道而来"的朋友——动植物。许多名贵的、奇异的、价值连城的林木、花卉和药物生长在人迹罕至的地方，各种野生动物攀缘、穿梭其间，真无愧于"植物类型博物馆"和"动物王国"的美誉！

咳咳，亲爱的各位，再过10分钟我们就坐车回旅馆了。大家要注意防寒，这儿晚上比较冷，明天我们去泡温泉，大家记住了吗？

Q星球历险记

在M星球的美食星里传说着这么一句话：先去I星球，再去Q星球，这样能够增长大量IQ。于是，Z博士要出发喽！

Z博士马不停蹄地奔往I星球，连一百星级的豪华大酒店也不住，匆匆买了点水晶虾仁和巧克力慕斯就动身前往Q星球。

啊！Q星球多美呀！金灿灿的皇宫可迷倒了风尘仆仆的Z博士。Z博士赶紧选了一个一百星级的世外温泉中心享受充分的IQ。可是，意想不到的事发生了：他刚刚走进房间，准备吃巧克力慕斯的时候，服务员立马昏迷，这可把Z博士急死了。

闻讯赶来的昏君国王没问一下就把可怜的Z博士送进牢房大刑侍候，准备明天砍头。这下，Z博士没救了。

但Z博士这几个钟头的IQ可没白充，他突然想到：哎？那行李在我这，我不是买了好多好多慕斯吗？慕斯里奶油多，不如我就利用这儿的人钱虽多可连皇后也没吃过奶油这点把它们卖了吧！于是，Z博士给士兵一块慕斯，士兵竟尊敬地打开了门，让Z博士去了拍卖会。

拍卖会上，一个人以天价买走所有的慕斯，并送给他一张IQ球门票。Z博士连夜去I星球的奶油成灾国,买了无数吨奶油又起身回到了Q星球。

清晨,通过宰相允许后,Z博士买了比国王更高贵豪华的衣服,亲自送上7吨奶油,说:"陛下,小民特地送来奶油让国王补补身子。"

"喔?"见"钱"眼开的国王高兴极了,都忘了今天的砍头,"大臣,给这个爱国之民带到金库,把金库里的所有财宝赏给他!!"国王冲昏了头脑。

"丁零,快快起床,丁零!"啊,Z博士醒了,原来是个梦呀!

曹操坐飞机

在3019年,曹操来到了现代。这时的曹操一心想要变得更加聪明但被灰太狼使了诡计,竟吃了"笨笨药丸"。

3020年第十四届发明大会,慢羊羊邀请曹操当评委。这时,喜羊羊拿出了羊村代表作品——飞机。

曹操想也没想就跳上了飞机,乱按"飞得更快,飞得更高"系统。只见飞机"嗖"的一声起飞,好像直往高钻。

突然,飞机漏油了,引起了失火。曹操正准备腾空跳,可是无意中发现了3个降落伞,心想:不够呀!我左手一个,右手一个,左脚一个,右脚一个,还少一个呢?!!不行不行,我还是挂脖子上比较好!他系好降落伞,忽的一声往下蹬,半空中,他忽然脸色发青,脖子通红,接着像瀑布一样呕吐,吐了九九八十一天。饥寒交迫的他,又掉进了黄河,被一个好心的渔民打捞上来,直至5000年还得了"神经级恐高发抖症"呢!看来,5005年的发明大会可不能请曹操闹事儿呢!

我采访了风趣的麦家叔叔

7月29日,我们去采访了著名作家麦家(笔名)。一路进了小区,我和伙伴们都悬着一颗好奇心,跟随着丰老师走进了麦叔叔的家。

一进门,我就看见了麦叔叔一边笑嘻嘻地欢迎我们,一边喊他的儿子:"牛牛,快给这些小客人们拿一些香港的糕点啊……",我们也马上喊了一声:"麦叔叔好。"

一阵欢笑之后,麦叔叔主动开口:"你们几年级啦?最小的可以先问我哦!""下半年四年级!""下半年初一!"……于是,年龄最小的我问了:"您接下来准备写哪些书籍,有您小时候的缩影吗?"

"因为《风语》有三卷,所以我接下来还会写《风语》,写完《风语》之后,我写什么还没想好,你一定很喜欢《风语》吧?那过会儿给你们几本吧!"

"麦叔叔,听说您在写《风语》时每天持续10小时的工作时间,这样的日子您坚持了几年?一定很辛苦吧?"

"嗯,这样子差不多有3年多吧,但《风语》是我感到最不错的一本，其实挺累的，呵呵。我的答案令你满意吗？"

我点点头，大喊："满意！"

一会儿，轮到了洪妍艳，她问道："麦叔叔，您的笔名为何叫'麦家'呢？"

幽默的麦叔叔扶了扶眼镜，喝了口水，便一点一点详细地道来："我小时候家在富阳农村，想让自己记住是农民的孩子，朴素，意思是'麦田之家'，够'hi'的吧？"

直到我们采访完麦叔叔。他主动提出："快去给小记者们拿那个书，我要送他们。"然后又转头对我们说："过会儿给你们签名，你们一定很想要吧？"这话逗得我们哈哈大笑。

最后，我们依依不舍地告别了风趣的麦叔叔，临走前，他又添了一句：再见，以后买了《风语》记得拿来，我给你们签名哦！

搞得我们大家都不好意思了。

猪八戒减肥记

上次西行回来后,如来佛重赏了唐僧、悟空、八戒和悟净,还命八戒为"天庭人事部经理"。在八戒登基的那天,如来亲手为他做了一把"神云椅"。正当八戒穿上西装,一屁股坐上椅子时,椅子倒没破,四个角却被折断了。如来大怒:"你这头死猪,把不把我这如来放在眼里!你要是下个月之前不减一百斤,我就把你送到宰猪场!"

八戒顿时涨红了脸,他下定决心:节食减肥!每天要跑六圈才能吃一块干面包与一杯未经加工的牛奶。

第二天,太阳都晒到八戒屁股了,八戒才极不情愿地爬下了床。减肥的事,他早已忘到了九霄云外去啦!还好,一位忠实但口吃的仆人提醒了他:"八戒小少爷,您该去跑跑……步啦!可……是六……圈哎!"八戒这才想起来,噘着嘴走了出去。

第一圈，八戒"呵噜呵噜"地喘着气，坚持了下来。他想：这么轻松，八戒，加油！第二圈、第三圈，八戒都咬咬牙挺了过去。

第四圈时，八戒看见了一个仙女的房间中打包了很多山珍海味，他垂涎三尺，情不自禁地走了过去。八戒摸摸自己的肚子，说："我就吃一点点，就一点点，没关系的！"说着，便咽了一口口水，偷偷吃了一口。这一口可真大，那些山珍海味已经所剩无几啦！

他吃了一口后，便不再吃了，因为担心被别人发现，自己可就得去宰猪场啦！可他还在为怎么跑完三圈苦恼。

忽然，他灵机一动："这里不是有一个荷花池吗？我就围它跑三圈吧。我又没规定一定要大圈还是小圈，哈！"

他轻松地跑了三小圈，踏实地回家吃饭去啦！

尽管八戒每天都跑，可才轻了八斤，结果被如来贬成了"扫天庭的清洁工"。不过，他没被送去宰猪场，已经是天大的幸运啦！

新年趣事

新年里发生了许多有趣的事,但最有趣的非放烟花莫属了。大年初一外面白雪皑皑,爸爸驾着车带着我们回东阳过年。

在东阳,新年就跟过儿童节似的,大家都嘻嘻哈哈地放烟花,可乐坏了我们这帮小孩子。这不,我和妹妹早早就嚷着让大人带我们买好了鞭炮和烟花,就盼着夜幕早早到来,可大显身手一番。

盼啊盼啊,天终于黑了下来,我们一家老老小小齐齐来到空地上。我和妹妹抬出那些憋了一整天的鞭炮和烟花,准备举行放烟花"开幕仪式"了。姑父在清点着鞭炮和烟花:"花中花""超女娃娃""直升机""小精灵""财源滚滚礼花"……"这么多,要放到什么时候呀!"妹妹直喊"多"。

随着姑父的第一声炮响,我们孩子军们个个都行动起来。天空一下子被五颜六色的烟花照亮了。旁边的邻居姐姐也不甘示弱,"呼!呼!"地放起来。就这样,我们与别的家庭展开了一场激烈的比赛,看谁家的烟花放得最好看。天空中不时地回响着鞭炮、烟花声,云朵都被染成五颜六色的了,比火烧云还好看。突然,一支新型"直升机"飞到了我们的上空,转身一看,原来是邻居的姐姐,只见她不断地对我们挑眉示威,还放了甩炮。我们也"还以颜色",放了好几枚"超女娃娃"与"夜明珠"。哈!这一下可把她给镇住了,她对着我大声喊:"我爷爷是开烟花铺的,我就不信品种没你多!"

夜深了,烟花也都放完了,我们回到家躺在床上,却久久不能闭眼,因为那鞭炮声和大家的欢笑声还在耳旁回荡呢!

游良渚农夫乐园

杭州每年一度的动漫节又盛大开幕了,位于城北的良渚农夫乐园今年首次成为分会场,《钱江晚报》小记者团于4月29日先期来到这里探营体验。

一路上,春意盎然,打开车窗,一股温暖的春风袭来。路边,花儿争着开放,紫的、黄的、红的,明艳、美丽、娇小。风来时,迎风飘动,像一位小女孩,似乎在欢迎我们;风停时,又像一个士兵,对你恭恭敬敬。它们在青草的陪衬下,显得美丽无比。

沿莫干山路一直前进,不一会儿就到达了目的地。抬头仰望,两台水车有条不紊、不紧不慢地转着,一阵风,那种农民的朴实精神就把我感染了。

进入大门,走过潺潺的小溪,只见前面敲锣打鼓,响声勾起了我的激情,哦,原来到了表演台!我想:连一个小小的表演台就如此壮观,那么一些大型活动不就更加气势恢宏了吗?我一定要都体验体验。走着走着,不远处传来一阵扬马策鞭的马蹄声,小记者纷纷跑向马场,只见一匹匹马儿矫健无比,尾巴有力极了。只要一甩,就有一阵风。

尽管我还只有1.48米的身高，可面对高大英俊的马儿，我突然有了一种冲动，骑着马，像古代的勇士，在大草原上飞驰，那该是多英姿飒爽啊。驯马员告诉我，马儿通人性，只要你征服它，它就会很听话。真的轮到我上马了，那可不是这么简单了，踏上一个固定器就觉得马在倾斜，急忙跳了下来。第二次，我在工作人员的帮助下，勉强成功了，我想：真是有惊无险哪！

可是，令我害怕的事还不止呢。坐在马上，妈妈倒是觉得我挺威风，驾驭着马儿；可我呢，却更害怕了，眼前风光虽然无限好，可是，我显得那么高，好像马儿一动，我就会摔下来似的，真是令人忧心呀！

开始驾驶马儿了，我只能害怕地对工作人员说"不要跑，我就走吧"，其实，我多么希望马儿也听到，慢慢地走呀！可马儿似乎没有听懂，依然"嘚嘚嘚"走着，那马蹄声使我不由得又"忧上加忧"。

但是走了半圈以后，我的害怕和忧心消失了。开始渐渐享受着这美妙的骑马兜风。风儿又一次拂过，我的头发飘逸了起来，喔！那风可是带走了害怕，给我带来了一种自由自在、潇洒的感觉。不知不觉中，这次体验结束了。我轻松自如地跨下了马，手中的汗水消失了，真是有惊无险的骑马体验呀！

这是我第一次骑马，虽然我一开始非常胆小，但这一次给我留下了深刻的记忆。因为平常的室外学习大都是体育课，我们很少能体会那种农家、西部人民的生活习性和风格，而这一次《钱江晚报》给了我们一次社会实践的机会，让我们好好地接触了社会。

如果霄霄能动

霄霄诞生了!

在一个阳光明媚的日子,艺术家周峰用一个报废的72米的云梯和一个报废的高压泡沫水枪做成了霄霄。瞧!红色的披肩,健壮的身姿,好帅气哦!不过,霄霄就是动不了。

一个奇怪的气球——隐藏着秘密!

一天早晨,霄霄发现床边多了一个七彩气球,他非常好奇。可是霄霄一不小心,把气球挤在床头柜的剪刀旁,气球破了!霄霄非常伤心,可是,他看见了一张条子。不过,没有署名,上面写着:

霄霄:

你想动吗?你今天一定会做一个好梦,在梦中,你只要吃掉那个橘子,便可以动。但要记住,为人民服务是你的使命!

在梦中,霄霄按纸条上说的去做了。

霄霄能动了！第一次做好事。

第二天早晨，霄霄意外地发现自己能动了！不过，他没有忘记使命。他到处去走访了一下，发现周围有不少安全隐患。他启动了激光系统，眼里射出一道道蓝光，消防隐患立即没有了。

杂货店着火啦！霄霄出动！

星期天早晨，当霄霄正睡眼蒙眬时，胸前的警示灯亮了："霄霄快行动！快行动！××着火，速前往！"

这时，霄霄一边用火箭发射的速度前往出事地点，一边启动身体应急开关。2秒钟后，霄霄赶到了事发地点。他用高压水枪向楼中喷水，大火一下子被熄灭了，幸好没有人员伤亡。可是，仓库里的东西全烧光了，老百姓们纷纷叹息。这时，霄霄把自己的手臂扭曲了一下，一道蓝色的光射出，东西立即恢复了原样。老百姓们拥戴着他，他高兴极了！

霄霄立下了大功！

中午，当霄霄在看电视时，听到美国在十二时零一分发生了里氏9.0级的大地震。他震惊极了！于是，他十分火急地赶到美国，用复原系统把大地恢复了原样。可这时，天空却下起了雨来，真是"火上浇油"！

霄霄撑起大伞，一边安慰人们，一边帮受伤者治疗。别看他大大的身体碍事，可效率是普通护士的10亿倍！霄霄一下子成了大英雄。不计回报的大英雄。

就这样,霄霄至今为止,已经做了数不清的好事,做完却又匆匆离开,坚持着自己的使命……

党的光芒

"党员",听到这个词,大人们一定不会那么在意。可他们却不知道,"党员"可不仅仅是挂个胸章就能称得上,真正的老党员、好党员在表彰时虽十分气派,但是背后都有一个个感人肺腑的故事。

我家楼下有一位默默无闻的好党员,他已经六十出头了。他姓赵,头发不那么乌黑,像一根根银丝,脸胖胖的。无论是谁见了他,都会觉得他和蔼可亲。其实,他不但看上去慈祥,而且还是一个热心肠。

今年快过年时,大雪纷飞,路面上积满了雪,一不小心就会滑倒。可是,我的作业本忘在了学校,为了要拿作业本,我不得不经过"雪路"。可当我走出单元门时,路面竟然像平时那样,雪都铲到路边去了!这是怎么回事呢?我一边想一边慢慢走着,可怎么想也想不出个头绪来。

这时,一阵"嚓嚓"的声音传入我的耳朵。我好奇地想:"铲雪车?不对,它发出的不是这个声音。有人铲雪?不对,大冷天的,谁不愿意躲在温暖的被窝里呀?"我百思不得其解。

我顺着声音摸索过去,哦,原来是赵爷爷又在铲雪了。他戴着个帽子,用那"永远不知疲倦"的双手,利索地为路面铲除积雪,为人们开出道路,为使命增添光彩。他也许是干了很长时间,汗水不停地从额头冒出来,这时的他露出一份自豪的笑容。

这时,他看见了我,便一边专注地铲雪,一边问寒问暖:"哟,干什么去?路很滑的,小心一点呀!"说着,又急忙把我前面的冰铲了铲。我望着他那银色的鬓发,心中不禁感动万分。

后来,我去采访了赵爷爷,他说:"要无限地为人民服务,做出对党的贡献。"可我心中没完全明白,问:"赵爷爷,那天不冷吗?一冷一热容易感冒呀?""出了汗就热了,暖和了。再说,我铲出了路,虽然出了汗,但暖了人心,自己心中很畅快,不是一举三得吗?"

此外,赵爷爷还很负责:发垃圾袋了,挨家挨户,一丝不苟地发放;什么时候退休党员要开会了,又一家家笑着通知;要搞活动了,便一户一户征求意见……邻居们都爱戴他。

是呀,党像一阵风,温暖人心;党像一棵高大挺拔的树,为人民开辟生活的天地,呵护弱者,尊重人民;党像一个天平,公公正正,法网恢恢,疏而不漏。我相信,只要人人献出一份力,那金灿灿的镰刀和锤头将永远闪烁着耀眼的光芒!